孫吳也西遊記

西班牙
詩抄一百首

孫吳也——著

孫副董又出新書，這次是《孫吳也西遊記——西班牙詩抄一百首》，這本詩集打造西班牙風情，與高雄愛情產業鏈相輝映，讓每個人可以大膽的朗讀愛情、傳達愛情，讓高雄有著歐洲的愛情語言。每天讀這本書一首詩，一百天後就是情聖。

高雄市觀光局局長

潘恆旭

　　詩人白靈曾說：「讀詩是讀別人的夢，寫詩是做自個兒的夢。」
沒想到平時予人「望之儼然，即之也溫，聽其言也厲」的謙謙君子，
一趟西班牙之旅，在充滿人文藝術浪漫的國度，雙魚座的本性，徹底
被誘發幻化成浪漫的詩篇。有幸在集結出版前能先睹為快，對於孫董
以詩的形式書寫遊記，抒發情意，若無詩心詩情，和對日常生活的敏
銳觀察，在面對景物時空交錯下，又豈能保持一片清明、一本初心！

　　記憶中最早書寫西班牙的旅遊文字，是50年代我國第一位駐外女
記者徐鍾珮女士寫的《追憶西班牙》，而後也有人寫《西班牙像一本
書》。經營媒體的孫董，才氣縱橫，文思泉湧，書寫小說的風格就已
跨越時空，不僅談人與人的相處，更有人與物的邂逅。如今，以詩的
方式記錄旅遊，文字精簡洗鍊，頗有媒體人新、速、實、簡的風格，
既精準抓住當下的旅遊情境，讀來輕鬆又似有弦外之音！

高雄市社會局局長

葉壽山

孫吳也「國祥」兄的這部西遊記，可不是孫悟空的《西遊記》！《西遊記》裡的孫悟空功夫了得，也不過七十二變，但孫吳也西遊記裡的詩詞卻有一百變，他的文筆除了有文學性以外，也有著通俗性，還內含食衣住行、寓教於樂，和我們生活中互相關連著！

　　當你閱讀他的作品，靈魂會走入優雅的文字幻境當中，身心靈會沉浸在一種真善美的境界！

　　從他第一本書起，我們就知道孫吳也能寫，他的字裡間能創造一個世界，他的詩詞能在他走過的世界每個地方都跳動著！

　　閱讀了《孫吳也西遊記》，人在家中坐，我的心已飛往馬德里途中！

高雄市網路記者協會理事長
高雄市新聞記者公會理事長
馬道明

西班牙的畫意與詩情

孫吳也兄赴西班牙一遊，十天寫就一百首散文詩，用以寄情旅次、發抒意念。

所謂散文詩（英語：prose poetry或prose verse，法語：poème en prose）是不分行的詩體，形式上有如散文，卻著重詩的美感，起源於法國，流行於19世紀後期及20世紀初期。或許孫吳也在法國期間有接上這個源頭，才會出現這種曾經流行一時的創作方式。

由於我也走過同樣西班牙行程，因此讀他的東西立刻能接上畫面，等於可以再度臥遊西班牙。孫吳也在旅行的每個咖啡歇腳中，用他的眼到、耳到、呼吸到，品嘗到，大爆發創作，所謂品嘗可由由四隻貓餐廳寫到lasarte餐廳，在第78首摘星記：

蘇東坡吃河豚

值得一死

買單lasarte盛宴

值得一痛

的比諭都被他寫進詩中。

幾乎整個旅遊中每個景點都有他報導，隨時寫作的痕跡，其中巴賽隆納算是寫最多的。其他各地孫吳也的咖啡廳觀察也都一一入文，不但入文他還被街景人群挑逗到身心澎湃，甚至寫出如第44首策杖行：

「即使不良於行，也要策仗追趕」這樣的句子。

孫吳也用如抽象畫的自動技法讓意識流恣意揮灑，創作完成他一百個回憶及心靈回歸。

　　但到底他的心靈回歸哪裡？

　　客觀上說，就如第100首〈陽光，巴賽隆納〉：

「我奔向

巴賽隆納，

跟著佛拉明哥的節拍

不再歸去

終老他鄉」

原來巴賽隆納是他的空間所欲。

　　不過若精神的回歸又哪裡？就在第59首夢與路，唐吉軻德：

「我也有一個夢，

但願能生為大唐長安人」！

原來他的時間所欲卻在唐朝。

　　散文詩是詩與散文的過渡，就像日與夜之間短促的黃昏。非常難以掌握，如果太敘述清楚就喪失那種「出人意外，又入人意內」的美感表現，但如果過於使用異質性比喻及側重文字的表演性，卻又減損散文的流暢。這在100首中處處都有這種掙扎的痕跡。

　　但如參照書中大量影像對照，散文詩又具有以文解圖，透通作者情懷的畫龍點睛功效。

總之，這是非常有趣具創意的西班牙旅遊筆記，自創形式、獨樹一格，此乃孫吳也的特徵也。

台新銀行文化藝術基金會董事長

鄭家鐘

飄逸時空的智者旅人、浪人

　　當我拜讀了孫理事長西班牙旅行中完成的100首詩看了一遍，心中一震！再回頭細看兩三回！我看到了一位智者浪人寫了一部西班牙旅遊記！馬德里、賽維爾、格拉納達、巴賽隆納，孫吳也與同伴相約而往！策杖而行！街景配鄉愁、美食加咖啡、文化藝術又多元！在景緻中有悠閒、有誘惑、有時事的感嘆！興亡轉瞬間、爭鋒何所求！在異國的小巷當中捕捉到昔日的情懷，他說北風不吹、冬日容顏不改，我等您的承諾依舊！是何等的豪邁！我與孫理事長相交二十餘年，孫昔日的文化素養與生活態度就是一位智者旅人！這100首詩將讓讀者倘佯在西班牙的佛朗明哥歡樂中！

中華民國台灣中功率廣播電台協會 第四屆理事長
中華華人講師聯盟 第四屆理事長
中華社團領袖聯合總會 第一屆理事長

梁修崑

與其說是為孫吳也兄寫序，還不如說是他招待了我一趟西班牙豪華的文化、建築、美食、浪漫與愛情之旅。

　　在他娓娓訴說之下，我似乎走進一座座建築的瑰寶，走在中古世紀巷弄中的石板路上；耳畔響著清脆的馬鈴，跳著熱情的佛拉明哥；時而享用米其林的美食，時而品嘗小餐館中異國風味的油條；彷彿坐著快速火車，欣賞著幾百年前唐吉訶德長征路線上的沿途美景……

　　他憧憬異鄉的字裡行間，夾雜著遊子的鄉緒，渴望愛情的同時，更充滿著期盼鳳凰浴火重生，互許永恆的執著。好一本令人身入其境，值得品味再三的優美詩集。

全球生命獎章得主

台灣之光

世界名畫家

嚴榮宗

　　歐洲的浪漫風情，常讓國人不遠千里飛行十多個小時，忍受飛機的狹小空間,心中充滿期待和憧憬，只為一親芳澤。

　　倘佯在藝術國度，建築線條的悸動，各式博物館令人驚豔沉迷，還有清心的空氣，連樹梢都很療癒，甚或酒吧裡散發的特殊人文氣息，都會讓騷人墨客心中為之悸動不已。

　　我們的好友、詩人才子兼鬍冉型男孫國祥公子，平時便是文思泉湧。感情豐富的他，對世間男女情感的描述更是細膩動人，或許是多情種子，不管是親身豐富經歷，自我觀察或是人生的體悟，信手拈來總能引起共鳴，令人讚嘆，更為人敬佩，每天都寫，每天都有嘔心瀝血之作，從未停止。

　　心思細膩加上深厚的寫作功力，也難怪在歐洲國度的西班牙，遊歷了馬德里、塞維亞、格拉那達、及巴賽隆納，短短十天期間，就能寫出一百首詩，相當驚人！還翻譯成英文、西班牙文和中文合輯出版，讓本土文人的詩集能夠國際化。

　　除了寫作詩集、散文、短篇小說等，好事聯播網孫副董國祥兄,縱橫廣播數十年,渾厚溫暖的聲音，撫慰不少聽眾的心。業務能力也是一把罩，堪稱能文能武。

《孫吳也西遊記——西班牙詩抄一百首》順利出版，除了誠摯的恭賀，也推薦給讀者，跟著詩集，神遊西班牙的「心」風貌。

民視南部經理

黃揚俊

叫孫吳也「真情一代男」

我的朋友孫吳也、孫吳或叫孫國祥，都好。

我生命中的至幸，得以認識這一位現代「情愛詩人孫吳也」！

孫國祥輝煌於卅年企業經營，在那年代堪稱兵馬倥傯；榮耀於港都電台經營廿餘年，得閒歲月靜好！

孫吳也棲泊於人間接近天堂的卅四樓，俯視如各色巧克力塊的屋舍、阡陌；遠望壽山的蒼翠或迷離霧霾、港區、車河夜景；仰首於藍天白雲的蒼穹、思緒如天馬行空。凡天地浩氣、日月星辰，四季更迭；人間繁華，燈紅酒綠、咖啡風味、古玩珍奇，甚至鳥聲中居冠者畫眉、黃鸝。盡皆收藏於胸臆！

孫吳也鶴髮童顏、眼神炯炯、氣質儒雅，其形如我等進入山林中，有緣可遇如中國山水畫裡走來的千百年儒者，翩翩如風來如風去，渺渺然又僅清音繚繞，人影神去。

孫吳也學貫古今中西，博聞五術奇陣，對於傳奇、神話史篇，多所偏愛，尤其名人雅士趣俠聞，更能如數家珍！其二千年後所寫情愛詩篇，溫婉柔情、溫暖馨香，情綿綿意切切。叫「真情一代男」，孫吳也絕對是榜首！

孫吳也的詩情文字，就是把在心裡刻痕描繪出來，借景敘情說愛。因此，翻閱讀來，自然津津有味，味溢四大層次特色：

　　第一、生活上的口說情愛語言，直白轉成文字，淺顯易懂，讀起來就像講話順暢。

　　第二、沒有繞口的文字，沒有為求對仗、押韻的詩框，也沒有詩裡常見的艱深罕見文字或典故。

　　第三、以「妳我」為主詞，情境運用妥適，符合我們生活中慣用的語境；而情愛戰場，就在妳我周遭生活中，隨處隨時可以發生。

　　第四、情愛文字，向來講求優雅境美，綺麗淒豔或者風花雪月，孫吳也的詩文，還可感受到深情綿邈、含蓄豐美及婉約情意。

　　今逢孫吳也出版第十本新書：《孫吳也西遊記——西班牙詩抄一百首》。一日午後，當正醉心、懷想於書中愛深深、情繾綣的詩篇文字時，啜飲著耶加雪菲咖啡，天外飛上一念：高雄正推行以「愛情摩天輪」為主軸的愛情產業鏈，「西班牙詩抄一百首」裡詩景置換高雄的山海河港、溪流山林、古蹟文史與現代城市景觀，似乎可以創建「高雄滿城盡是情愛詩景」的粉紅甜蜜城市氛圍！

台灣時報採訪組主任

李啟聰〈李新〉

陪你玩轉西班牙

「詩遊」的時代來臨了！

《孫吳也西遊記》的風潮已襲捲你、我、他！

孫老師以最獨特的魅力，帶你用「賞詩」的方式，環遊充滿熱情與揮灑藝術氣息樂土的西班牙。

孫老師把預約經典古風與新意的西班牙，這個擁有悠久歷史，顯貴莊嚴的王宮、教堂、城堡，浪漫的吉他民謠，展現力與美的鬥牛活動，奔放的佛朗明哥舞蹈；還有，優越旅遊資源，綺麗的媚景，聞名遐邇的海濱；更有，別具一格的咖啡文化，絕饗的美食……等；藉由一頁頁浩如煙海、風格異彩的「詩篇」生動紛呈。

孫老師的詩抄作品，堪稱獨創寶典；研讀後必能找到繽紛又與眾不同的旅遊美學樂趣，增廣見聞、薰陶思想、知古鑑今、暢想未來、體味哲理、涵養品德；進而，激發人生啟示，尋回生命真諦、迎向亮麗璀璨的願景。

打卡「孫吳也西遊記——西班牙詩抄一百首」，我找到了！你呢？

中華演說藝術學會理事長

彭素華

女人的一輩子，總為了兒女、父母、伴侶、親人、同儕、領導，和許許多多周圍的人活著。

　　而陪伴女人的一生，最重要的人，卻少不了一個絕對的存在，就是「閨蜜」。

　　往往在夜深人靜的時候，喜歡讀孫吳也的詩，或浪漫、或輕快、或沉吟、或傷懷，無論是那一首，都將那些深深感受，卻苦無滿懷辭藻可以言語的意境或感念，化為真實躍然紙上，彷彿觸動心弦的聲音。如此知我心者，莫非閨蜜。

　　將孫吳也的詩集結成冊，是女人最好的對待，無需等待搜尋，就可以隨時隨處與閨蜜相遇，得此良友，不亦樂乎。

　　再多看幾次吧！人生中，得孫吳也的詩作為忘年閨蜜，一樂也。

　　今欣逢孫吳也逆旅西班牙，十日內成詩百首，即將出版，拜讀之餘，頓感孫吳也暢遊西班牙大地，也累聚了另一番情懷，他的筆觸更勾勒出對該國的風土人情、古蹟勝況的深情及體會。

和春技術學院副校長

呂綺修

　　筆者本身是一幅畫、一個風景、一件美麗的珠寶…牽引讀者進入三分具象，七分想像的夢幻空間。

　　詩中可以找到每個人心靈熟悉的情境，咖啡濃淡浪漫的氛圍，慢活而休閒。異國角落，腦海裡那份似曾相似的感覺、在記憶中沉浮。晨曦時光、美食饗宴、文化融合與衝擊、歐式建築街道，人生的精彩皆觸動讀者內心情感的喜悅與感動。

蘭馨交流協會秘書長暨珠寶設計師

林意雯

很幸運獲得我的老闆、同時也是八寶網播「愛的朗讀人」和「當老北京遇上新北京」節目主持搭檔孫吳也的青睞，擔任他詩作和文學作品的首席朗讀人。每當朗讀著他的作品，彷彿同步進入他神性充滿的創作流中，與其能量震盪，一同靈思飛舞。

　　這次《孫吳也西遊記──西班牙詩抄一百首》中，有以佛朗明哥舞蹈為主題的創作，邀請各位讀者一同浸潤在佛朗明哥旋律中，融入全然佛朗明哥的動感天地，和作者一同回到不可思議的西班牙！解放浪漫風情，讀這一本詩集，您將與我進入熱情奔放和懷古幽情裡。

好事聯播網港都電台節目資訊製作部　副總經理

舞人幫佛朗明哥舞團　副團長&舞者

翁碧蓮

孫吳也老師是港都電台的副董事長，平常除了忙經營電台和主持節目之餘，最喜歡寫作。認識他的朋友，每天都可以收到各種散文詩或藏頭詩。

　　前年孫老師與家人於年假遊訪西班牙十天，期間完成一百首詩，浪人情懷穿越時空的曠古幽情，令人讚嘆！於心創朗讀會時，我提議翻譯成西班牙文和英文。感謝好友嘻哈歌手吾裡頭Steve，介紹優秀的國外友人Isabella Ramis，她曾是西班牙電台新聞廣播主持人，現在是外交部西班牙文編輯。以及Matt Hinson，他是外交部、新聞局、中國郵報中、英文編輯和翻譯。兩位將孫老師的作品傳情達意翻譯成西班牙文和英文，真正傳遞了「愛是無國界」，非常感謝他們！

　　現代人需要愛的滋養、讀詩的浪漫、知愛達禮的風氣。外表豪邁霸氣的孫吳也老師，內心有著現代人難得的勇氣和柔情，雙魚座的他能勇敢的透過文字傳達愛與惆悵，隱喻的或直白的抒懷各種情感，從親情、愛情、友情到國家之情，詩詩句句傳遞浪漫波能穿越古今中外，深情款款的將愛的頻率從西班牙傳到親朋好友的心田，滋養燦爛百花人生。願這本詩集可以隨著各處欣賞和朗讀，（有中文、英文和西班牙文）國際化的推廣，讓人人心中有詩，意中有禮，浪漫裡有情有義！

　　這是孫吳也老師獻給世界的愛禮！中華文化的底蘊結合西班牙的異國風情，滿溢出詩情畫意，讓高雄推廣的愛情產業鏈，馳名中外！

很榮幸能夠促成這本書的誕生，感謝白象的張輝潭先生和主編林榮威先生的協助，經過多次電話和文字的溝通和協調，終於完成了這一本精煉又豐富的詩集。讓我們一起發揮「中西」結合的熱情，勇敢的朗誦愛的詩篇吧！

心創世界

江風荷

Prólogo a la versión española

En el trasiego de un viaje transcontinental, entre aeropuertos, hoteles, restaurantes y estaciones de tren, ¿quién se para hoy en día a escribir poesía? ¿Quién se detiene a contemplar con una mirada más profunda lo que está viendo?

David Sun lo hace con gran acierto, logrando expresar no sólo sus propias emociones sino llevando al lector de la mano a recorrer con él las ciudades españolas.

El autor sabe sacar a la luz sus conocimientos de la historia y la cultura española, revelando sobre todo su pasión por la gastronomía y haciendo oportunas comparaciones con la comida de Taiwán.

David Sun no se queda tan sólo en fenómenos externos, ni datos históricos, sino que al ritmo de su poesía pone al descubierto el estado de su alma, describiendo su nostalgia, su melancolía y su atracción por el carácter abierto y apasionado de los españoles.

El lector hispanohablante, a través de estos poemas, quizás no descubra nada nuevo de la vieja España, pero aprenderá a ver la realidad desde los ojos de un taiwanés, con su lógica, su idiosincrasia y su sentido del humor.

Todo ello refleja una encomiable capacidad de reflexión, una profundidad contemplativa, que llega al corazón del lector.

Para mí ha sido un placer traducir esta obra y redescubrir con ojos extranjeros mi propio país.

Isabel Ramis

在跨越大陸的旅行中，在機場、旅館、飯店和火車站之間，誰會停下來寫詩呢?誰會停下來，用更深刻的眼光去思考他所看到的呢？

　　孫吳也做得非常成功，他不僅表達了自己的情感，還牽著讀者的手和他一起參觀了西班牙的城市。

　　作者知道如何將自己對西班牙歷史和文化的瞭解公諸於世，最重要的是他對美食的熱愛以及與臺灣食物的即時對比。

　　孫吳也不只是停留在外表現象或歷史資料中，而是通過他的詩節奏揭示了他的靈魂狀態，描述他的懷舊，他的憂鬱和他對西班牙人開放和熱情的天性的吸引力。

　　通過這些詩說西班牙語的讀者，可能不會發現關於舊西班牙的新方面，但至少會從一個臺灣人的眼睛看現實，用他的邏輯，思考和幽默感。

　　這一切反映一種值得稱讚的反思能力，一種沉思的深度，它達到了讀者的內心。

　　對我來說，翻譯這部作品並以外國的眼光重新發現我自己的國家是一件很愉快的事情。

西班牙文翻譯

羅宜家

Adventure is not just for the young. One need only be young at heart, as David Sun shows us through inspirations from a ten-day sojourn through the Land of Cervantes. With this collection,David Sun proves that a metamorphosis is possible at any age.

Witty, humorous, tongue-in-cheek, but never irreverent, our author presents evocative prose poems with an eye as observant as John dos Passos.

One hundred prose poems make Seville's oranges, Granada's Alhambra, and Madrid's plazas leap visibly off the page.

On another level, they let us peer into the mind of a thinking man, and hint at the magic found where East meets West. It's an absolute joy to watch as this very Chinese man grapples with what is the essence of the West. Looking through this mirror, we see by association the East and, ultimately, our author himself.

It has been an honor to translate, and is a privilege to present, Iberian Odyssey.

要冒險未必要是年輕人的事。只要心靈年輕即可。我們的作者孫吳也用這樣的心情來描述一個十天在塞萬提斯家鄉的旅程。透過這本總集，作者顯明蛻變是不限年齡而可發生的。

　　作者用如同約翰‧多斯‧帕索斯的觀察力寫出饒有風趣，有點自我諷詞，但總不過分的散文詩。

　　在更深的層次，這些散文詩讓我們讀者深透一位思想家的靈，也讓我們嘗到東方遇見西方祥雲的美味。當我讀這些詩，就有一種快樂，因為能夠看到一位華人慢慢的洞悉西方文化的精華，也因而更了解自己的文化，也更了解自己。

　　能夠翻譯這本散文詩是一種榮幸。希望各位會跟我一樣享受這本《孫吳也西遊記——西班牙詩抄一百首》。

英文翻譯

何德宣

衣上酒痕，詩裡字，行行點點都是相思意。

惜不識杜康之道久矣，幸寄旅西班牙時，咖啡坊遍佈，可解口腹之渴，更加之起士、火腿等美味相佐，自是功德圓滿。

唐吉柯德之鄉，鬥牛士之國在在令人留連忘返。

當吉他聲響起，隨時有熱情洋溢的人載歌載舞，拉丁民族的浪漫讓人有終老斯鄉之念。

位於橄欖樹及葡萄園遍野中的農莊在燦爛的陽光下，頓覺香格里拉就在眼前，怎不讓人陶醉，怎不令人詩意盎然？所以，從馬德里、賽維亞、格拉那達及巴賽隆納的十天之旅，遂得詩百首。

「四隻貓餐廳」讓我領略了許多歐洲藝術家蘊育之地，而「米其林」的星星群也滿足了我的美食之慾，歐洲之窗的巴賽隆納更呈現了歐陸文明的精華，坐著小馬車，響著鈴鐺走在石板路，去赴佛拉明歌舞的表演盛宴，是種無與論比的享受。

拜訪聖家堂領略高第的建築藝術之壯麗，那是距離天堂最近的所在。

無法一一細數的文化洗禮，請在《孫吳也西遊記》中，慢慢品味吧！

不過還是要提一提，西班牙美味的早餐——油條佐著牛奶及西班牙皇宮的富麗堂皇。

感謝促成此次西班牙之行及出版本書的好友們。

作者孫吳也David Sun（本名孫國祥）現任好事聯播網（Best Radio）副董事長，（港都生活人事物）、（與成功有約）主持人。八寶網路電台（愛的朗讀人）作者暨主持人。曾任台灣史谷脫紙業公司（舒潔）行銷經理，蘭麗化妝品公司副總，台灣七喜汽水公司總經理，喜年來食品公司總經理，工商時報專欄作家，中華民國傑出企業管理人協會傑出經理人獎（CEO），文化大學傑出校友及中山大學管院傑出校友。

Prólogo

Restos de vino sobre mi ropa, palabras en un poema, todas son cosas que añoro. Lástima que durante tanto tiempo no haya conocido a Du Kang (legendario inventor del vino), afortunadamente en España, las cafeterías pueden aliviar la sed y ofrecerte un delicioso queso y jamón, llevando todo a buen término.

El país de Don Quijote y los toreros hacen que me quiera quedar. Al sonar una guitarra, la gente se entusiasma y rompe a cantar y bailar. El romanticismo de la raza latina hace a la gente añorar el pasado.

Bajo un sol brillante en medio de los campos de olivos y viñedos, uno se siente de repente como viendo el Shangri-La, ¿cómo no voy a embriagarme y a ponerme poético? En un viaje de diez días por Madrid, Sevilla, Granada y Barcelona escribí cien poemas.

En el restaurante "Els quatre gats" pude apreciar el terreno de cultivo de artistas europeos; en el restaurante con estrellas Michelin pude satisfacer mi apetito; en Barcelona, la ventana a Europa, vi la esencia de la civilización, también viajé en un coche de caballos con cascabeles sobre el pavimento empedrado y asistí a un espectáculo flamenco. Una experiencia sin igual.

La visita a la Sagrada Familia me mostró la magnificencia de la obra arquitectónica de Gaudí. El lugar más cerca del cielo.

Es imposible describir con detalle mi bautismo cultural, pero en estas memorias del viaje a España lo podréis comprobar.

Algo que debo mencionar son los desayunos españoles de churros con chocolate frente al Palacio Real.

Por último, quiero agradecer a todos los amigos que hicieron posible mi viaje a España y aquellos que han contribuido a la publicación de este libro.

Presentación del autor

David Sun es Vicepresidente de Best Radio y locutor de varios programas radiofónicos. Es también escritor y locutor de Baabao. Antes desempeñó los cargos de gerente de marketing de la compañía Kimberly Clark en Taiwán, vicepresidente de la empresa cosmética Lan Lay, gerente general de 7-up Taiwán, gerente general de Serena Foods, columnista de "Commercial Times" y obtuvo el premio de Gerente Excelente de la Asociación de Gerentes Excelentes de la República de China (Taiwán), además de ser antiguo alumno destacado de la Chinese Cultural University y de la facultad de Administración de Empresas de la Universidad Sun Yat sen.

A Journey to Spain

The smell of wine upon my clothes, smatterings of poetry, such are the things I pine for.

It is a pity I have not been longer familiar with the Arts of Dukang (legendary inventor of wine). Fortunately, the cafes of Spain satisfied my thirst, and, with sufficient ham and cheese along the way, I had a fulfilling experience.

The enchantments of the abode of Don Quixote, the land of bullfighting, drew me in, such that I nearly forgot to go home...

When the guitar played, it would rouse the passionate people to sing and dance. The romantic nature of the Latins is something one can never forget. On bucolic farms, olives to the left, grapes to the right, Shangri-la itself spread out before the eyes. How can anyone not be enraptured by this, and enthralled in the exuberance of its poesy? Under such a trance, I penned these hundred poems on a ten-day's journey through Madrid, Seville, Granada, and Barcelona.

At Els Quatre Gats, I rubbed shoulders, metaphorically, with some of Europe's best-known artists. The cuisine of a Michelin-starred restaurant satisfied my culinary lusts, and Barcelona, the Window on Europe, was an introduction to the essence of Continental European civilization. Enjoying a ride in a horse-drawn carriage, listening to the jangle of bells as we trod down cobblestones, and partaking of a flamenco dance—these were enjoyments without peer.

And then, taking in the architectural splendor of Gaudi's Sagrada Familia, I felt as if heaven were at hand.

There is simply not space to tell of all the cultural delights I experienced, so instead of doing so, I'll invite you to turn the page, and sample at your leisure.

But wait! I cannot close without saying a word about that most delicious of Spanish breakfasts—churros with chocolate—and of the sumptuousness of the Royal Palace.

Thanks go to the many friends who helped me bring this book to life.

作者介紹

About the Author

David Sun is Vice President of Best Radio, and host of the programs "Movers and Shakers" and "A Date with Success." He is also writer and host of "Love's Reader" on Baabao E-Radio. He has been Marketing Manager at Scott Paper Company (Taiwan), Vice Chairman of Lanlay Cosmetics, General Manager at Taiwan Seven-Up, General Manager at Serena Foods, a columnist for the Commercial Times, and winner of the Republic of China Outstanding Enterprise Manager Association's Best CEO Award. Mr. Sun is also an Outstanding Alumnus of Chinese Culture University and an Outstanding Alumnus of the National Sun Yat-sen University College of Management.

自序添一章

　　2017年2月偷得浮生數日閒，赴西班牙一遊。

　　十日之間，得詩百首，遂訂名為《孫吳也西遊記——西班牙詩抄一百首》，以中文、西班牙文、英文三種文字合輯出書，農曆年後印刷，在我的小說《魅幻人間》後，接踵出版。

　　翻閱FB舊扎，見好友李新（啟聰）留言賦詩，頗有感觸。

　　當時好友李新賀我西班牙之行，贈詩一首，感念之餘，特回贈之。

李新
此去千里，何以相思寄。
雲飛星熠，何以樓台望。

孫吳也
心有靈犀，何事不可思。
天涯咫尺，高雄馬德里。

目錄
Contents

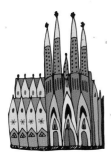

目錄
Contents

目錄
Contents

很想有一段類似的情節
在巧克力及乳酪的故鄉
羅曼蒂克的遭遇
在現實的情境中是否會發生
不知道
但在冷酷的世界中
電影裡想當然的發展是不會發生的
在貴賓室的等待中
喝一杯荷蘭牛的鮮奶
看過往的各色人等
塑造的形形色色的故事

1. Romance en el aeropuerto

Quisiera que ocurriese algo de este estilo,
en la tierra del chocolate y el queso.
Un encuentro romántico.
¿Puede suceder en la vida real?
No lo sé.
Pero en este mundo frío,
no pasa como en las películas.
Esperando en la sala VIP,
bebo un vaso de leche holandesa.
Veo pasar a todo tipo de gente,
cada uno creando sus historias.

1. Airport Affair

Like a brief romance
in the land of chocolate and cheese
a brush with romance
But can it be, in reality?
I know now...
But in our ever-changing world
made-for-television endings fail to appear
So I wait in the airport lounge
sipping on Dutch milk
as all manner of man passes me by
living out their own colorful stories

孫吳也西遊記
——西班牙詩抄一百首

西班牙的小咖啡室B0U Cafe小憩一下

點一杯美式

看著廣場上人群來往

剛剛吃西班牙油條配熱巧克力奶的回味猶在

馬德里人的悠閒總算見聞到了

適合我追求慢步調的生活

叫一杯咖啡坐在街角的小店

透過玻璃窗向外觀

各式人等的生活型態展露眼前

冬日微雨的廣場上

沒看到花開

沉悶中

思想的奔放就是春天

2. Puerta del Sol

Breve descanso en el BOU Café.

Pido un americano.

Miro a las multitudes que pasean por la plaza.

Todavía tengo el regusto de los churros recién preparados con chocolate

caliente.

Por fin conozco la vida pausada de los madrileños,

acorde con la vida lenta que estoy buscando.

Con un café y sentado en la tienda de la esquina

miro a través de la ventana.

Todo tipo de vidas expuestas ante mis ojos

lluvia de invierno sobre la plaza.

No he visto ninguna flor.

En medio de la opresión,

mi pensamiento galopa hacia la primavera.

孫吳也西遊記
——西班牙詩抄一百首

2. Puerto del Sol

Taking respite at BOU Cafe

a cup of Americano in hand

as I watch human waves pass on the plaza before me

The aroma of churros and cocoa lingers

I now understand the Madrid siesta

And this is the slow living I have longed after

Sitting at a streetside cafe

through the windowpane

the warp and weft of lives shuttles by

Raindrops patter on the wintry plaza

No blossoms await my gaze

And under this oppressive sky

my thoughts sprint ahead to spring

微雨、清晨

薄霧裡的行人稀少

百年、甚至千年的古老建築

透露著歐洲文明的滄桑

拉丁與伊斯蘭文化的糾葛在這裡融和了

歷史的腳步在此駐足

給後人無限的想像空間

記取美好的結晶

忘卻進程中的苦痛

看巍巍的建築背影

曦日昇起時的奪目

璀璨裡的不堪回首

原本是黑暗時期的必然

憑弔過往的歲月

不必有太多的掛牽

唐吉訶德攻擊風車的傳說

劍俠唐璜的風流韻史

已占據了不少的想像

最多就是記取一些西班牙鬥牛的故事

3. Llovizna en Madrid

Lluvia ligera en la madrugada.

Pocos viandantes en la niebla.

Edificios centenarios, milenarios

revelan las vicisitudes de la civilización europea.

Aquí se armonizan las disputas de las culturas latina e islámica.

Aquí acaban las huellas de la historia,

para dar espacio a la imaginación de generaciones futuras,

y recordar la bella cristalización,

olvidando el doloroso proceso.

Veo las fachadas posteriores de los encumbrados edificios,

con la deslumbrante luz de la mañana.

Un resplandor que no me deja volver a mirar,

lo inevitable de la Edad Oscura.

Rindo homenaje al pasado,

pero sin detenerme demasiado

en la lucha de Don Quijote contra los molinos de viento

o en las aventuras de Don Juan,

que ya ocupan mi imaginación.

A lo sumo recuerdo las historias del toreo español.

3. Drizzling in Madrid

An early morning drizzle
Few brave the mist
Shadows of centuries-old buildings
tell the tale of mutable European civilization
Here are melded the heritage of Rome and Islam alike
The footprints of history have fallen heavily here
feeding the imaginings of all who came after
Snatches of good times remembered
those of harder times banished
I take in the shadows of lofty buildings
as the dazzling rising sun
creates irrepressible resplendence
An inevitable echo to the Dark Ages
Homage to the past
but one needn't get too caught up in it
Don Quixote tilting at windmills
and the adventures of Don Juan
of these I recall but a little
Of arena-bound bulls? Much more

鵝肝醬的美味

在BOU的美食市集裡
有西班牙的小吃的精華
不同於喝著葡萄美酒
品嚐烤乳豬的奢華享受
一杯生啤酒
就著各式伊比利半島的美食
生火腿及鵝肝醬滿足了口腹之慾
更讓心中想像的情境
瞬間在心靈深處得到了暢快
當然不會錯過在廣場上的咖啡座
坐下了
讓快樂的靈魂及疲憊的腿各取所需的休憩一會
可惜戒煙了
否則用煙斗抽一斗好煙絲
目送婀娜多姿的拉丁美女
像跳佛拉明哥舞步般的豔影
在石板路上款款而過

4. Delicioso foie gras

En el mercado gourmet cerca del B0U,

se encuentran las mejores tapas españolas.

No es lo mismo disfrutar de un buen vino

mientras degustas un exquisito cochinillo asado

o beber un vaso de cerveza

en la gastronomía ibérica.

El jamón serrano y el foie gras satisfacen el apetito

y hacen que el corazón imagine una sensación

de gozo instantáneo en lo profundo del alma.

Por supuesto no me perderé el café en la plaza.

Me siento.

Que el alma alegre y los pies agotados tengan su descanso.

Lástima que haya dejado de fumar,

sino daría unas caladas a la pipa.

Sigo con la mirada los movimientos de las latinas

que pasean por las calles empedradas,

como si estuvieran dando elegantes pasos de flamenco.

4. Foie gras

At the grocer's near the BOU Cafe

are the most outstanding tapas

No wine-tasting, this

The extravagance of suckling pig

a glass of beer

all the flavors of Iberia

Appetite sated with jamon serrano and foie gras

opens the mind's eye

and enlivens one's soul, deeply, deeply

The cafe chairs beckon

I sit

Truly this is balm for gladdened soul and aching legs alike

What a place for a puff or three on a pipe

If only I hadn't quit

My eyes drape over graceful Spanish señoritas,

shades of flamenco in their every step

click-clacking down the cobblestones

舒適慵懶的氛圍是馬德里最優雅的款待

捨棄大酒店的住宿

住進西班牙式的家居

自由自在的享受

沒有制式的接待

像居家般的放鬆

雖然還沒有被西式（西班牙）的食物占據過久而產生排斥感

自有廚房也可治療思鄉的胃納

過著另類的旅遊生活當然是一種難忘的記憶

5. Días de estancia en Madrid

Una atmósfera cómoda y relajada es la acogida más cordial de Madrid.

Renuncia a los grandes hoteles,

vive en una casa española,

para disfrutar con libertad.

Ninguna acogida es igual que otra,

uno descansa como en el propio hogar.

Aunque aún no me he cansado de la cocina occidental

ya añoro la comida casera.

Esto de experimentar un turismo diferente es algo que nunca olvidarás.

5. At home in Madrid

The best compliment one can pay to Madrid,

is that it is languourous

I abandon my hotel

seeking refuge in an Iberian home

It's free and easy

everything's informal

just like at home

I've not yet tired of Spanish cuisine

so the kitchen satisfies my longing for home cooking

This alternative, itinerant lifestyle is one I won't soon forget

孫吳也西遊記
——西班牙詩抄一百首

不知塞萬提斯的幻想是基於什麼理念發展出來的
也許當時政教及社會的偏頗
觸動了他纖細靈魂深處的不平
藉著唐吉訶德的言行來抒發內心被壓抑的痛苦
用書中一位武士的瘋狂行為來揭露當時封閉社會中的景象
用他不合常理的行為去衝撞社會制度的荒唐
一主一僕搭檔去追擊想像中的巨龍或魔王
在遭遇到種種奇幻的過程裡
揭露並彰顯當時社會制度及現象的荒謬
但不能改變事實的無奈
用攻擊風車作一個象徵的完美
來滿足阿Q式的精神勝利

6. La fantasía española

No sé en qué se basó la fantasía de Cervantes.

Quizás la inestabilidad del Gobierno, la Iglesia y la sociedad,

hicieron que en lo más profundo de su alma brotara un desequilibrio.

Quizás a través de las palabras y acciones de Don Quijote, él expresara el dolor que oprimía su corazón.

Y por medio de las andanzas de un caballero chiflado, se revelasen imágenes de aquella sociedad cerrada.

El comportamiento poco convencional del hidalgo muestra lo absurdo del sistema social.

Un caballero y un criado que juntos se enfrentan a dragones y demonios.

Y al encontrarse en situaciones fantasiosas,

se refleja lo absurdo de esa sociedad.

Pero al no poder cambiar la realidad,

ataca a los molinos de viento como si fuera un símbolo,

y así satisface el espíritu de victoria de A Qu* *(protagonista de una novela china. N.del T.)

6. Iberian idyll

I wonder what spring fed Cervantes' ideas

Political and religious bias, perhaps

touched and tugged on his heartstrings, his very soul

And the words and deeds of Don Quixote relieved his creator's mental strain

That the knight errant and his wild ways would lay open

the hidden nature of feudal society

Master and servant together seeking out dragons and sorcerers

Uncovering as they encounter all manner of fantasies

The absurdities of their society and their situation

and their frustration at their inability to change anything

So tilting at windmills was the perfect solution

and a spiritual victory worthy of Ah Q

吃過Ramon Freixa的米其林二星餐廳

感覺從一星少將晉升為中將

這種殊榮感受真的不錯

不算太喜歡血拼的我

對美食是情有獨鍾的

從小食店的鵝肝醬、生火腿、乃至西班牙油條配巧克力奶

無不有西班牙美食的精萃

但去光顧米其林餐廳的意念

一直強烈圍繞著腦海

嚐過澳門、台灣的一星餐廳

想要晉升中將（二星）的念頭變得十分強烈

親人幫忙尋找、訂位

終於到馬德里的第三天

參訪完皇宮後

便去完成心願了

7. Comida madrileña de invierno

Comer en el restaurante de Ramón Freixa, con dos estrellas Michelin,

me hizo sentir como si de Mayor General me hubieran ascendido a Almirante.

Este tipo de gloria sienta muy bien.

A mí, ir de compras no me gusta demasiado,

pero siento debilidad por la comida.

Sea una pequeña tienda en la que venden foie gras, jamón e incluso churros con chocolate.

Nada le falta a la gastronomía española,

pero el hecho de comer en un restaurante Michelin

es algo que siempre ha rondado mi cabeza.

Probé restaurantes de una estrella en Macao y Taiwán,

pero el deseo de ascender a Almirante (2 estrellas Michelin) era demasiado fuerte.

Mi familia me ayudó con la búsqueda y la reserva.

Al tercer día de haber llegado a Madrid,

después de haber visitado el Palacio Real,

pude finalmente cumplir mi deseo.

7. A winter's feast (Madrid)

Partaking of two-Michelin-star chef Ramon Freixa's offerings
I enjoy my promotion to "Major General of Gourmet Cuisine"
It's nice to be so honored
Not much of a shopper
I revel in good eating
In the emblematic tapas of Spain:
foie gras, jamon serrano, churros and cocoa...
But what's this? A tempest knocks about in my head
A thought, a desire to try Michelin-star cuisine
This longing to try a two-star restaurant, and be promoted
to Major General, from Brigadier
(I have, you know, feasted at one-star places in Macau and Taiwan)
A friend makes the call; reservations secured!
And on my third day in Madrid
after a day at the palace
my wish is finally granted

08 冬陽普照的太陽廣場

到馬德里的幾天後

終於擺脫了晨起輕霧瀰漫

及走在水溶溶的石板路的情境

太陽終於露臉了

攝氏16度的溫度

清冷中的暖和

不禁要感謝上天的厚賜

難怪廣場上有人唱起我的太陽

旋爾人們此起彼落的應和著

真是一個熱情的拉丁民族

突然有吉他聲響起

也馬上有人應和

不管男女老少

開始跳起舞來

不知是不是佛拉明哥舞

但熱情感染了我

我也融入西班牙的浪漫中

孫吳也西遊記
——西班牙詩抄一百首

Después de varios días en Madrid,

se ha deshecho finalmente la bruma matutina.

Camino sobre el pavimento de piedras mojadas.

El sol por fin nos muestra su cara.

16 grados de temperatura.

Se siente calor en medio del frío.

No puedo evitar agradecer al cielo su generosidad.

No es de extrañar que alguien en la plaza esté cantando ¡o sole mío!

Un grupo de gente le rodea,

es realmente una raza apasionada.

De repente se oye el rasgueo de una guitarra,

inmediatamente la gente se reúne

hombres, mujeres, pequeños y mayores

empiezan a bailar.

No sé si es el baile flamenco,

pero la pasión se me contagia

y me fusiono con la romántica España.

8. Under the winter sun at the Puerta del Sol

Some days after my arrival
Madrid finally removes her morning dress of fog
to let the sun shine through
and down onto misty cobblestones
At just 16 degrees
warmth penetrates the cold
and I thank God for this tender mercy
On the plaza, spontaneous snippets of 'O Sole Mio'
The Latin passion of the people bursts forth
first in an unexpected guitar
then song
and soon, the plaza is filled with dancing
Is it flamenco?
The passion is infectious
as I find myself becoming a Spanish Romantic

與同伴點了一杯美式一杯拿鐵
幾個西班牙式的麵包
當然不會忘記異國的油條
除了美味外還能慰一慰鄉愁
為裝點氛圍
另外點了牛奶及法國土司
把油條包起來
彷彿到永和吃豆漿燒餅
真是的
怎麼也忘不了故土
縱在千里之外
縱物價相當便宜
不到台幣參佰元有如此的享受
更重要的是
這裡的人們總是笑臉迎人
想必市政管理者的能力不錯

9. En una cafetería de Madrid

Pedimos un americano y un café con leche,

varios panecillos,

y por supuesto unos churros,

que están deliciosos y curan la nostalgia.

Para completar la escena,

pedimos leche y tostadas francesas,

y envolvemos los churros con las tostadas,

como si estuviéramos en Yonghe comiendo youtiao y leche de soja.

Todo muy auténtico.

¿Cómo me voy a olvidar de mi patria?

Aquí a tantos kilómetros de distancia

y con precios tan baratos.

Un excelente desayuno por menos de trescientos dólares taiwaneses.

Pero aún más importante,

es que aquí la gente siempre sonríe.

Debe ser que la administración municipal hace una gran labor.

孫吳也西遊記
——西班牙詩抄一百首

9. Extravagance in a Madrid diner

We order one coffee, one latte

some pastries...

and, of course, churros

These are both delicious and quell homesickness

To round things out

I order some milk and French toast

I roll up a churro in the latter

and it seems like I'm eating a toasted sesame bun with soy milk

It's true what they say

you can't take the jungle out of the tiger

Now here, so far from home

and enjoying such low prices

An excellent repast for less than NT$300

More exciting

is that everyone here is always smiling

The city government must be doing a great job

馬德里的月夜
是很拉丁的
遠處有輕微的吉他聲傳來
讓人覺得異國的夜有點寂寥但又很溫馨
但完全沒有陌生感
沒有西方社會的虛假
馬德里兼具了東西方的優
及可以相融的彼此
豆漿油條及巧克力奶與西式油條的早點
從晨起就拉近了彼此的距離
我愛馬德里
除了拉丁民族的浪漫外
人民的熱情是最值得珍惜的

10. La luna en tierra extranjera

Noche de luna en Madrid.

Es muy latino.

A lo lejos se oye el rasgueo de una guitarra,

hace que me sienta solitario y cómodo a la vez.

Sin embargo, no tengo la impresión de estar en un lugar desconocido.

No es una falsa sociedad occidental.

Madrid aúna lo mejor de Oriente y Occidente,

y combina a los dos.

Para desayuno, leche de soja con youtiaos y chocolate con churros,

desde muy temprano acortan las distancias.

Me encanta Madrid.

Una de las cosas que más valoro,

a parte de su romanticismo,

es el entusiasmo de su gente.

10. The moon as seen abroad

Moonlit nights in Madrid
So very Latin
Sonorous strains of a guitar roll in from afar
lending a feel of both loneliness and desolation to these foreign nights
But it's not a strange feeling
nor is it false like much of Western civilization
Madrid itself has much of the best of East and West
and a blend of both
Soy milk with crullers, and cocoa with churros
Even in the early morning, East and West see each other's embrace
I adore Madrid
whose most precious assets
are her romanticism, and her people's joy

孫吳也西遊記
——西班牙詩抄一百首

11 馳過伊比利半島平原

遙想中古歐洲的興替

摩爾人、羅馬人的鐵騎曾踐踏過這片平原

海明威也在這裡參與過西班牙內戰

曾幾何時與佛郎哥元帥都消失在上個世紀

如今是一片橄欖樹田或葡萄園地

滄海桑田裡

多少英雄美人的傳說都已灰飛煙滅了

現代文明帶人穿梭過歷史與戰爭的洗禮

興亡轉瞬間

把酒自問

爭鋒何所求

不過是後人的話題而已

11. Cruzando la Meseta Central
de la península ibérica

Pienso en el ascenso y la caída de la Europa medieval.

Moros y romanos pasaron por estas llanuras.

También aquí Hemingway participó en la Guerra Civil.

Tanto él como Franco desaparecieron con el siglo.

Los campos de olivos o viñedos de hoy,

se han ido transformando con el tiempo.

Así también las leyendas de héroes y heroínas ya se esfumaron.

La civilización moderna nos embarca en un viaje a través de las pruebas de la

historia y de la guerra.

Apogeo y decadencia.

Bebo el vino y me pregunto

¿dónde quedó tanta aspiración?

Es sólo algo más que contar a las generaciones futuras.

11. Galloping across Iberian plains

I cast my mind over ancient Europe's rise and fall

Knights and crack Moorish horsemen poured over these plains in Roman footsteps

Hemingway made his way here, during the civil war

He died, like Franco, sometime last century

Today, these are fields of olives and grapes

And so the world turns...

But how many legends of heroes and heroines are now ash and smoke

Today we are between Scylla (history) and Charybdis (war)

The dance of rising and dying

Raising my glass, I ponder

whether all this striving

isn't just a vain question for the ages

在歐洲嘗試坐火車旅行

從馬德里車站出發到另一個城市賽維爾

聞名的浪漫之都

嚮往已久的名字

在我詩的國度裡

賽維爾不是陌生的名詞

那是美麗、熱情又充滿羅曼蒂克的園地

坐快速火車欣賞沿途的田園美景

彷彿幾百年前唐吉訶德的長征路線

只是擁抱我的是佛拉明哥的舞曲

孫吳也西遊記
——西班牙詩抄一百首

12. Viajando a Sevilla

En Europa uno tiene que probar a viajar en tren.

Desde la estación de Madrid sale uno hacia Sevilla,

famosa ciudad del romance,

nombre largamente esperado,

en el reino de mi poesía.

No conozco mucho Sevilla,

es un jardín hermoso, cálido, lleno de romanticismo.

En el Ave puedo disfrutar del paisaje idílico del camino, como la ruta que

siguió Don Quijote hace unos cuantos siglos,

pero ahora lo que me abraza es la música del flamenco.

12. Backtracking to Seville

How about a European rail journey?

From Madrid I make my way to Seville

A town famed for romance

A demonym that has stood the test of time

In my Empire of Poesy

Seville is no strange place

Rather, the home of beauty, passion, romance...

Stunning fields whisk by the speeding train

These the footsteps of Don Quixote so long ago...

as I am enfolded in the arms of Flamenco herself

LESSON
13 化身為唐吉訶德

看到現今社會上某些人
好話說很多
壞事作不少
也看到有人話說很大方
臨到兌現卻顧左右而言他
當然是太多鄉愿的人姑息的緣故
當然是……
如果這樣
到賽萬提斯的故鄉
寧願唐吉訶德是我
可以不識時務

　　　　可以不牽就傳統制度
　　　　可以當面評判是非
　　　　可以衝撞上位
　　　　可以作……
　　　　最重要的是
　　　　要有勇氣
　　　　要有傻勁
　　　　還要有些瘋狂

孫吳也西遊記
——西班牙詩抄一百首

13. Encarnación de Don Quijote

He visto que hoy en día algunas personas,

dicen palabras bonitas,

pero cometen maldades.

También he visto que hay gente generosa en las palabras,

pero a la hora de comprometerse miran para otro lado.

Claramente la razón es la tolerancia de los hipócritas.

Por supuesto···

si esto sucede,

en la ciudad natal de Cervantes,

quisiera ser un Don Quijote,

para poder ignorar el presente,

no adaptarme a lo convencional,

juzgar lo falso y lo verdadero,

provocar a los poderosos.

Podría ····.

uno tiene que tener el coraje

de parecer tonto

y conservar un poco de locura.

13. I am Don Quixote

Some people today...
They talk a good game, but...
act so deviously
Others make big promises
but then bounce the check
Aren't we simply too easy on Janusian liars?
Aren't we? (We are)
If that's the case...
In Cervantes' hometown
I am Don Quixote
Bound not to reason
Bound not to convention
Bound to judge right from wrong
Bound to clash with officialdom
Bound to ...
But of course...
One must have courage
be foolish
and act just a touch mad

72

孫吳也西遊記
——西班牙詩抄一百首

14 與妳在冬日的賽維爾的小巷共聚

橘子樹下的戶外餐桌
妳我共據一方
相互凝視著
眸中盡是對方的影子
滿樹的橘子是幸福的掛燈
裹著大衣的妳身影仍然婀娜多姿
笑容是若干年前的羞澀猶在
教堂的鐘聲點綴了彼此的沉默
但我仍然覺得在異國的小巷中
捕捉到昔日的情濃

14. Cita de invierno en el callejón sevillano

Una mesa al aire libre debajo de un naranjo.

Tú y yo cada uno a un lado.

Nos miramos a los ojos,

y las pupilas se nos llenan de las sombras del otro.

Las naranjas en el árbol son lámparas de felicidad.

Tu abrigo grande resalta tu delicada figura.

Tu sonrisa evoca una timidez antigua, que aún perdura,

Las campanadas de la iglesia adornan nuestro silencio.

Y aunque estoy en un callejón de un país lejano,

capturo ricas emociones de tiempos pasados.

14. Wintertime dinner at a bistro with you

We dine al fresco beneath orange trees

Together

lost in each other's gaze

Reflected in each other's eyes

The fruits above lanterns of joy

Your body stunning in your snug overcoat

Your smile evocative of a shyness of moons past

Our silence bookended by a churchbell's tolls

as the fires of old rekindle within

15 不死鳥的空域

在西方的空域裡
傳說中的不死鳥
每五百年浴火自焚乙次
然後重新展露生命的新姿
後世的人稱它為火鳥
每次的火焚也許就是一次愛情火花的點燃
在東方佛國的經典中
亦有鳳凰翱翔於九天之上
但不同的是
鳳凰是永生的
在西班牙的空域中
不知是否可以捕獲怎樣的復活鳥

15. El espacio aéreo del fénix

En Occidente existe una leyenda

de un pájaro inmortal,

que cada 500 años se consume en el fuego

y renace de sus cenizas.

La gente lo llama el pájaro de fuego.

Puede que cada vez que arde sea en llamas de amor.

En los escritos clásicos del budismo oriental,

también existe un fénix que vuela durante nueve días.

La diferencia es

que el fénix es inmortal.

Me pregunto qué tipo de pájaros

se podrán capturar en los cielos españoles.

15. The phoenix

In legend, the phoenix
rises from its ashes but once every 500 years
and takes on life anew
The phoenix is called the fire bird
for its immolation is perhaps, the kindling of a romance
In classics of the Buddhist East
the phoenix remains in the seven heavens.
The difference is
the Eastern phoenix is immortal
I wonder what manner of phoenix may be found
in Spanish skies

普通的小店
簡單的英文
不完整的溝通
相當不錯的菜色
配上一杯西班牙式的黑咖啡
透露出店主的體貼及溫馨
讓我感覺到人情味的溫暖
已經在許多地方找不到了
在曲折的小巷
找回了追求許久的大同世界

16. La hospitalidad de la tienda de la esquina

Un restaurante cualquiera,

donde se chapurrea el inglés.

Una conversación entrecortada,

pero con un menú variado.

Acompañado de un café solo, típico español.

La cordialidad y la atención del dueño

hace que sienta un calor humano,

que ya no se encuentra en muchos sitios.

Y aquí en esta callejuela,

vuelvo a recuperar la humanidad que tanto he anhelado.

16. Corner store hospitality

Just a plain little bistro

Bad English on both sides

limits the conversation

But what a selection of eatables

with a Spanish black coffee

that bears the owner's warmth and care

Hospitality of a sort nearly vanished

has me in a great bear hug

And here in this meandering alleyway

I find the long-imagined Great Unity

16. 小店
人情濃

有人說賽維亞是FLAMENCO的故鄉

不知道是否屬實

但在穿梭如曲的小巷中有許多跳此舞的小劇場

各有特色

以舞取勝、或歌舞雙豔

總之五、六十人的場所拉近了視聽群眾與表演者的距離

五人的樂隊及三女一男的舞者

給了我一種聲色的震撼

雖然歌者的歌聲完全不懂

但舞者的手勢及腳步移動的美姿

讓我進入夢鄉的氛圍

迅速融入全然佛拉明哥的動感天地裡

17. Empapado de flamenco

Algunos dicen que Sevilla es el hogar de flamenco.

No sé si es verdad.

Pero en todos los callejones encuentro tablaos,

con su propio aire,

para probar suerte con el baile, o con el cante jondo.

Acortando las distancias entre los artistas y el público.

Cinco personas tocan los instrumentos, tres bailaoras y un bailaor.

Siento una fuerte emoción,

a pesar de no entender la letra.

Los pasos y movimientos de los bailarines

me hacen soñar,

hace que me empape de la magia del flamenco.

17. Entranced by a flamenco rhythm

Some say flamenco was born in Seville

I don't know if that's true

but here in the nooks of alleys, plazas

each with its own spirit, beckon

for a skirmishing dance, or a melody and dance

Performers and audience melded seamlessly in their dozens

A quintet of musicians set against three women, one man dancing

gives me a particular thrill

While the words of the tune escape me

the dancer's grace and poise

has me in a dreamlike trance

as together we fall into an electrifying flamenco timespace

孫吳也西遊記
——西班牙詩抄一百首

到賽維亞去吃橘子

以為定可以滿足口腹之慾

其實有些傳聞之誤

下了傳統歐陸式火車站

上了計程車

沿途真的看到滿路的橘子樹

翠綠的葉子裡間雜著黃澄澄的橘實

彷彿掛滿了黃金色的彩燈

一種幸福洋溢的氣韻圍繞了整個城市

想要大快朵頤的慾望頓然昇起

但……

初通英語的司機告訴我

　　　　　　　　這是觀賞用的

　　　　　　　　不是食用的

　　　　　　　　所以滿樹的橘子生長得果實碩碩

　　　　　　　　但沒有人摘採

　　　　　　　　也落了一地

　　　　　　　　因為很不甜、很澀

　　　　　　　　想必也很酸

　　　　　　　　只是我不失望

　　　　　　　　它美麗的點綴不減在我心中的分量

　　　　　　　　賽維亞仍然是可愛的橘之郡

18. La provincia de las naranjas

Llego a Sevilla pensando

satisfacer mi apetito con naranjas.

Pero de hecho ciertos rumores son falsos,

y al bajar en la estación de tren,

tomo un taxi.

El camino está repleto de naranjos.

Las hojas verdes se entremezclan con los brillantes frutos,

como si colgaran luces doradas.

Un ambiente feliz rodea la ciudad,

me invade el deseo de saciarme de naranjas,

pero······

el conductor chapurreando el inglés me dice

que esto es para ver

no es para comer.

Los árboles están cargados de naranjas,

pero nadie las recoge,

y se quedan en el suelo.

Es porque son amargas, no son dulces

incluso pueden ser agrias,

A pesar de todo no me decepciona,

contemplo su belleza ornamental y me hace pensar

que Sevilla es una encantadora provincia de naranjas.

18. Orange Country

I thought satisfaction would come
from eating oranges in Seville
But the taletellers lied
Debarking at an old-fashioned European station
I hop a cab
and we drive through mile after mile of oranges
The butterscotch pearls hid amid crocodile leaves
An array of golden orbs
The city is surrounded by blessing
and I am overcome by the urge to gorge
but...
the taxi driver, in broken English,
tells me these are decorative
not edible
revealing why the boughs hang heavy still
The fruits hang unplucked
or strewn across the ground
being sour not saccharine
downright biting, so I'm told
I'm not disappointed
I still think them beautiful as adornments
and Seville adorable as
Orange Country

一路抗拒甜食的引誘

從阿姆斯特丹轉機等待時

免稅店琳琅滿目的巧克力陳列

餐廳及貴賓室的巧克力甜食

都被我成功地抗拒了

到馬德里為了試一試西班牙油條的滋味

也只淺嚐了巧克力奶

到了賽維亞

較年輕的同行者

穿街闖巷去觀光時

我不得不牽就腳力

坐在西班牙式的餐廳裡等待

一杯咖啡喝在嘴裡

巧克力甜點的誘惑就從玻璃食櫃中

及四周牆面的貼圖上

合攏過來

在被層層包圍的慘狀中

不得不棄械投降了

19. La tentación del chocolate

En el camino resistí la tentación de comer dulce.

Haciendo escala en el aeropuerto de Ámsterdam,

las tiendas libres de impuestos estaban llenas de bombones,

los restaurantes y las salas VIP llenas de chocolates.

Pero de todo me abstuve.

En cambio en Madrid probé el sabor de los churros,

mojándolos en chocolate.

Al llegar a Sevilla,

me uní a unos turistas jóvenes,

para recorrer la ciudad.

Mis piernas no dieron para tanto

así que me senté en un restaurante a esperar

degustando un café.

Desde la vitrina, los postres de chocolate me tentaron

y los dibujos de las paredes

se confabularon para atraerme.

Miserablemente acorralado

no me quedó más opción que rendirme.

19. Chocolate sirens

I resisted sweet enticements

at Amsterdam Airport

the duty-free shops were lined with chocolate confections

Chocolate temptations abounded at the restaurant, and in the lounge

But I abstained from them all!

In Madrid I tried my first churro

I had it dipped in cocoa

In Seville,

I went with some younger tourists

to adventure down side alleys

but soon my legs got the better of me

So I slipped into a local restaurant

and as I sipped a restorative coffee

chocolaty desserts beckoned from the display case

and smiled down on me from upon the walls

I was surrounded!

Cornered thus from all sides

I raised the white flag

北風不吹

但冬日的容顏不改

我等妳的承諾依舊

日以繼夜

咖啡接龍式的一杯又一杯

也許也會醉倒

在半夢半醒間

等風吹的方向改換

季節的容顏再度回春

不在乎天地的更迭

只牽掛妳是否仍記得我

賽維爾的一別

意味著天長地久的永恆嗎

孫吳也西遊記
——西班牙詩抄一百首

20. Despedida de Sevilla

El viento del norte no sopla,

el día mantiene su rostro invernal.

Yo todavía espero que cumplas tu promesa.

Día y noche,

tomo un café tras otro,

y puede que me emborrache.

Entre el sueño y la vigilia,

espero que el viento cambie de dirección,

y que el rostro de la primavera vuelva a asomarse.

No me preocupa lo que suceda en el universo

sólo me preocupa que te acuerdes de mí.

Decirle adiós a Sevilla,

¿significa retenerla para siempre?

20. Taking leave of Seville

The North Wind fails to blow
so the day keeps its wintry guise
I wait for you to keep your promise
Day turns to night
and I take coffee after coffee
Perhaps I was drunk?
In such a stupor
I waited for the wind to change
and for Spring to return
I could care less for the rise and fall of nations
all I want is for you to remember me
Must my taking leave of Seville
mean goodbye forever?

21 異國的情牽

總覺得她的聲音在耳際縈繞

抬頭小巷的來路依然空蕩

等誰

重要嗎

一個無由來的夢

卡門會口銜一朵野玫瑰來挑逗

這世道裡愛情變得廉價了

厭於玩這樣的遊戲

坐在街角的咖啡座

破戒抽一斗好煙絲

吞雲吐霧間

看盡來來往往的人生百態

21. Amor en tierra extranjera

Me parece estar escuchando siempre su voz en mis oídos.

La calle por la que he venido sigue desierta.

¿Acaso importa?

¿A quién espero?

Un sueño sin origen.

Carmen viene seductora con una rosa en los labios.

Hoy en día el amor se ha vuelto muy fácil.

Cansado de jugar a este juego,

me siento en la cafetería de la esquina,

yendo contra las normas me fumo un cigarro.

En medio de la nube formada por el humo.

veo todo tipo de gente que pasea por allí.

孫吳也西遊記
——西班牙詩抄一百首

21. Love in a foreign land

Her voice forever ringing in my ears

I look up, but still the streets are empty

Who am I waiting for?

Does it even matter?

An irrational dream

Carmen waits at the street corner, a rose dangling from her lips

Love is cheapened in such a world

It's turned into just a game

As I sit at the corner coffee shop

and enjoy a forbidden pipe

through the smoky haze

I watch the world turn

把一杯咖啡從濃郁喝到成清水
喜歡它的變換
宛如人生
侍者端上咖啡及熱水
半杯濃縮的滋味
可以隨自己的喜好
調整咖啡的濃度
從100%到0%
我們人生的歷程不也是如此吧

孫吳也西遊記
——西班牙詩抄一百首

22. Café español

Pasar de un café cargado a un café aguado,
me gusta esta transformación.
Es como la vida misma.
El camarero me sirve café y agua caliente.
Tomo media taza de café expreso,
y puedo tomarlo como más me guste,
ajustar la concentración de café.
Desde 100% hasta 0%.
El curso de nuestra vida ¿no es acaso lo mismo?

22. Spanish coffee

A simple pleasure
watching coffee go from thick to thin
It's akin to life itself
The attendant brings the coffee and hot water
Take a rich espresso
and doctor it any way you like
Take it strong, take it weak
from watery to full strength
Is not life like this?

在賽維亞的小巷弄

石塊砌的路面上

有歲月的風霜

有歷史的痕跡

突然看到馬車蜿蜒駛過來

達達的馬蹄聲

彷彿踏在心坎上的憾動

一種切合時空的契合

讓我步入中世紀的伊比利情境

拉丁民族嚴肅時的政教面貌驀然呈現

三劍客時代終於來臨

我浪漫的夢不知該不該醒了

孫吳也西遊記
——西班牙詩抄一百首

23. El cla cla de los cascos de los caballos

En un callejón sevillano,

de pavimento empedrado,

con años de viento y escarcha,

con huellas de la historia,

vi de repente un carruaje que pasaba

con el cla cla de los cascos.

Fue como una sacudida interior,

una coincidencia en el espacio y en el tiempo,

que me transportó a la vida medieval de la península Ibérica.

El rostro severo del Estado y la Iglesia en la época latina hacen su repentina

aparición,

La era de los Tres Mosqueteros llega a su fin.

No sé si debo despertarme de este sueño romántico.

23. Clip-clop

In a side alley of Seville
the road is of cobblestones
covered in an ancient patina
and bearing the marks of footsteps long past
A horse-drawn cart makes its willy-nilly way by
hooves clip-clopping
like regrets buried in my heart
Suddenly, space and time are blurred
and I'm in Iberia in the middle ages
And the political and religious trials of a severe time are laid out before
my eyes
The Age of the Three Musketeers is at hand!
Should I—why would I—want to awaken from such a dream?

24 在賽維爾的夜色中想妳

漫遊在中世紀的古城

現代文明也滲透其中

輕軌捷運及馬車並行不悖穿梭在城市之中

古老的城樓下

麥當勞、及各式的咖啡店充斥其中

廣場上、噴水池旁、塑像座前

遊客與當地人都沉醉在如此的夜色中

沒有被生啤酒、紅酒、香檳所營造的氛圍攪亂我的思維

依然在異國的夜空下想妳

24. En la noche sevillana pienso en ti

Paseando por la ciudad medieval,

cargada a la vez de modernidad,

donde el tranvía y los carruajes circulan en paralelo,

por debajo de la torre antigua,

está lleno de McDonald's y de cafés.

En la plaza, al lado de la fuente, frente al asiento de la estatua,

turistas y lugareños inmersos en la noche cerrada.

No es que la cerveza, el vino o el champán hayan perturbado mis pensamientos,

sino que en medio de la noche extranjera estoy pensando en ti.

24. Thinking of you on a Seville evening

Traipsing through a city of the Middle Ages

where hints of modern civilization poke through

Horse-drawn carts clip-clop along nonplussed while light-rail cars whiz by

In the shadow of ancient structures

McDonald's and all manner of coffeeshop dominate the streetscape

In the squares, beside the fountains, before the statuary

locals and tourists mingle in the moonlight

My thoughts are untrammeled by the intoxicants flowing by

Tonight, under Spanish skies, I think only of you

25 告別賽維爾……橘郡

揮一揮手袖

告別晨起天邊的曦光

也許再無相見之日

但思念在回憶中必然會浮現

賽維爾的吉光片羽

小劇場佛拉明哥的聲色震撼

回教皇宮在夕陽中的異國豔影

傳統西班牙食堂的美食

那令我回味的廣場咖啡座風情

不知當年偶然邂逅的人兒

而今在何方

歲月的餘輝裡

在追憶中覺得特別懷念

別了、我不捨的達達馬蹄聲

沒有傳統汽笛聲

快速火車將我送往另一個美麗的城市……一隻歐陸的火鳥

25. Adiós Sevilla, provincia de las naranjas

Pañuelos agitándose,

en la mañana de la despedida, diciendo adiós.

Días que quizás no vuelva a ver.

Pero que ciertamente volverán al pensamiento,

recuerdos de los días sevillanos.

Emocionante flamenco en un pequeño tablao,

las sombras sobre la mezquita al atardecer,

los restaurantes típicos españoles,

me traen recuerdos de los cafés en la plaza.

No sé donde están aquellos que conocí ese año.

Han pasado muchos atardeceres,

pero hoy recordando, los siento especialmente cerca.

No renuncio al sonido de los cascos,

Aunque el tren no tenga el típico silbido,

el Ave me lleva a otra hermosa ciudad

... un pájaro de fuego en el viejo continente.

25. Farewell to Seville, Orange Country

Shall I simply wave
to say goodbye to the dawn's earliest rays?
Perhaps we'll never meet again
but these memories will certainly resurface
Seville's most precious aspects
An outstanding Flamenco at a little theater
The mosque silhouetted by the setting sun, a real taste of the exotic
Dining at a local eatery
reminds me of sidewalk cafes
I can't remember when I ran into her
But today no matter where I am
Now, in my twilight years,
I grow particularly wistful over things remembered,
No more the sound of horse bells ringing
no more the storied steam whistle
as the high-speed train, a modern-day phoenix, whisks me off to a new
destination

應該是初春的歐陸原野

車窗外盡是淺盈盈的綠

望過去一叢叢的矮樹

不知是葡萄還是橄欖樹

總之是象徵富饒的土壤

美麗的田園

西班牙式的農莊

異國致命的吸引力

終老斯鄉是一個浪漫的夢

但忘不了的

故鄉的喧嘩及幽靜

濃濃的年味是我無法割捨的深深愛戀（過農曆新正時）

26. Galopando camino a Sevilla

Debió ser a principios de primavera,

la luna del coche estaba cubierta de hojas.

Miraba los arbustos que íbamos pasando.

No supe si eran viñas u olivos,

pero eran símbolo del suelo fértil.

Los campos hermosos,

una granja de estilo español.

Atracción mortal del país extranjero.

Un pueblito antiguo es un sueño romántico.

Pero aún así no puedo olvidar

mi tranquila y silenciosa ciudad (acaba de pasar el año nuevo chino).

Un año de sabor intenso es como un amor profundo al que no puedo abandonar.

孫吳也西遊記
──西班牙詩抄一百首

26. At a gallop to Seville

The fields of Europe in the spring
are radiant and green through the train window
Thicket follows thicket
Are they grapevines or olive trees?
They are testament to the richness of the soil
Such beautiful fields
A Spanish farmhouse
the exoticness is magnetic
But memories of one's hometown are a romantic dream
and I cannot forget
the noise, and the silence, of Lunar New Year
or of my abiding love for the feeling of that time

格拉納達美麗的山城

伊斯蘭與羅馬文化在此融滙

再添加點拉丁民族的浪漫

石板路迤邐著彎曲的巷道

從住在山城頂的小民宿往下望

可以一展城市的全貌

多元文化塑造的建築之美

讓人彷彿永浴在無法形容的世外桃源

摩爾人建造的阿爾罕布拉宮

更是將伊斯蘭的美學及阿拉伯的建築設計發揮到極致

創建出瑰麗無比的宮殿

走在幾百年前的時光倒影裡

不免興起天方夜譚的夢想

27. Las mil y una noches de la Alhambra

Granada, hermosa ciudad de montaña,

en la que se fusionan la cultura islámica y la romana,

agregando un poco de romance latino.

Calzadas empedradas forman las curvas.

Mirando hacia abajo, desde el hostal en la colina

se puede contemplar una vista panorámica de la ciudad.

La belleza de la arquitectura multicultural

hace que la gente se sienta en un paraíso indescriptible.

La Alhambra construida por los moriscos

es la unión entre la estética del islam y el desarrollo arquitectónico de los ár-

abes,

formando un palacio magnífico.

Camino por las sombras de hace muchos siglos,

y no puedo evitar soñar con las mil y una noches.

27. The Alhambra and Arabian Nights

Beautiful Granada, tucked away in the hills,

Here, Roman and Muslim traces meld

with a sparkle of Latin romance

along winding alleyways of cobblestone

From my hillside hostel

I take in the whole of the cityscape

and the architectural beauty of this multicultural city

It's as if one has entered an indescribable paradise

The Alhambra of the Moors

is the apogee of Islamic aesthetic ideas and Arabic architectural design

and a palace of matchless beauty

Standing in the shadow of the centuries

I begin to dream of the Arabian Nights

孫吳也西遊記
——西班牙詩抄一百首

滿目的橄欖樹占據了我的眸子

火車駛過兩旁起伏的平原

苦澀回甘的橄欖滋味

令人齒頰生津

是我喜愛的享受

很像人生的歷程

經過層層煎熬

方能成為廚房及餐桌上的不可缺

咀嚼青橄欖時

也是一種令人啟示的哲理

經過酸澀、然後甘甜

就像要到達康莊之前

要渡過荊棘遍野的考驗

是一種必然

要欣賞美麗的花卉

要透過辛苦的培育

否則是無法讓視覺浸潤在一片萬紫

千紅中

橄欖樹也給了我另類的悟

縱在千里之遙的西班牙

28. Ida y vuelta al pueblo de los olivos

Campos de olivos llenan el horizonte,

a medida que el tren cruza las llanuras.

El sabor dulce y amargo de la aceituna,

que hace la boca agua,

es algo que me gusta disfrutar.

Al igual que el curso de la vida,

donde el sufrimiento pasa poco a poco,

para ser condimento o aperitivo,

así también las aceitunas verdes, tienen que pasar

por un proceso largo que lleva a filosofar.

De ser agrias, pasan a ser dulces.

Como cuando quieres llegar a Kangzhuang,

tienes que pasar la prueba de campos de espinos.

Es algo inevitable,

para admirar las flores hermosas,

uno debe cultivarlas con duro trabajo.

La vista se satura de colores,

el olivo me da otra visión,

estando a muchos kilómetros en España.

28. Among the olive trees

Olive trees dominate my view

as the train hurtles across Spanish plains

The astringent sweetness of olives

causes my mouth to water

They are my favorite delight

as they remind me of life's journey

They are tested and proved

before being introduced to kitchen and table

Munching on green olives

is itself an epiphany

Through sourness, past astringency, finally on to saccharine goodness

Much like the arduousness that must be endured

before one reaches any peak

One necessitates the other

And in this insatiable mass of greenery

I gain awareness from the olive trees

as we ride through Spain

優遊在小石塊砌的巷弄街道上

一種不被打擾的溫柔

是格拉納達讓我摯愛深深的吸引

淡妝素裹的屋宇

無論在烈日或冷月下

均散發出令人難以拒絕的魅

沒有都會的喧嘩

廣場上的咖啡座可以讓人沉湎

從曦日初明到月光隱去

看各式人種迤邐著自己的裝扮

生命與靈魂悄悄在這樣的時空裡契合

能超脫於世俗

又能透視人生

莫過於來格拉納達小隱一陣子

29. La calidez genuina de Granada

Paseando por los callejones empedrados,

se siente una calidez imperturbable.

Es Granada que me atrae profundamente,

con sus casas sobriamente adornadas,

sea bajo el sol o bajo la luna fría.

Todo es de un encanto irresistible.

No tiene el barullo de las grandes ciudades,

y uno puede perderse en los cafés de la plaza.

Desde que amanece hasta que se pone el sol,

veo todo tipo de personas que mueven sus vestidos.

La vida y el alma se unen en el espacio y en el tiempo, pueden alejarse del

mundo,

y volver a cobrar la vida.

No hay nada mejor que sumergirse en Granada.

29. Granada's unsullied tenderness

Whiling away in cobblestone alleys
I feel an unsullied tenderness
This, Granada's most charismatic element
The light-colored houses
have an irresistible quality about them
both by day and by night
Stripped of urban dissonances
here one can slip into a stupor at a streetside cafe
and while away the hours from sunrise to moonrise
watching the people pass you by
The physical and the spiritual enjoy a quiet congeniality
across space, across time
transcending the profane
revealing the essence of life
Nothing surpasses
hiding away
in Granada

LESSON
30 飛往巴賽隆納的途中

攜帶過多的禦寒設備

皮帽、圍巾及皮手套

更遑論毛衣、皮夾克等衣物

真的有些防護過度

但這背後的愛心及叮嚀是很溫暖的

事先準備的資訊及見聞

有用但有時也是一種負荷

真想輕裝簡便、背個旅行包就上路

最愜意的捷旅

一本護照、一張信用卡、一些可以通用的外幣

隨興雲遊去

當然別忘了手機

寫作兼……

過多的別人的經驗造成旅途上的累

終於在乘坐飛機時想通了

30. En el vuelo hacia Barcelona

Llevo demasiada ropa de invierno:

sombrero, bufanda y guantes,

por no mencionar los jerséis, las chaquetas y demás.

La verdad es que hay algo de sobreprotección,

pero las recomendaciones estaban llenas de cariño.

La información sobre lo que debía llevar,

fue útil, pero a veces es una carga.

Querría ir ligero, sólo con una mochila.

El viaje más agradable.

Un pasaporte, una tarjeta de crédito, un poco de dinero y libre como el viento.

Sin olvidarme del teléfono,

así puedo escribir····..

Las experiencias de otros hacen agotador nuestro viaje. Sentado en el avión,

por fin lo entiendo.

30. Hurtling toward Barcelona

I've brought too much winter gear

A hat, scarf, leather gloves

not to mention my coat and leather jacket

Certainly my bags are overstuffed

but the spirit behind it was one of love and concern

So often, all that we learn in preparation

is no more than an added burden

I want to travel light, to grab a backpack then hit the road

A passport, a credit card, and some foreign currency

and I'm off free as the wind

Oh...and my cellphone...

so I can write and...

Knowing too much of other's experiences muddies the journey

Why do I only realize this as I'm boarding the plane?

31 失根的蘭花

在格拉納達

阿拉伯皇宮及哥德式的天主教堂並立

象徵了多元文化及宗教的融合

也吸引了眾多民族的移入

最早北非的摩爾人、中東的阿拉伯人、吉普賽人

及現今中南美洲西班牙的後裔

據說有不少比例的人是無國籍的

不像此地的橄欖樹根植在深深的土壤中

總像失根的蘭花

美麗清幽卻無法與當地的土相親近

這種感覺是苦澀的

若有鄉愁可以懷念

也算是一種另類的幸福

但黃昏的故鄉也不是每個人都能歌詠的

孫吳也西遊記
——西班牙詩抄一百首

31. Orquídeas sin raíces

En Granada,

la concurrencia de palacios árabes y catedrales góticas,

que simbolizaba la fusión de culturas y religiones

atrajo a numerosos grupos étnicos.

Los moros del norte de África, los árabes del Medio Oriente, los gitanos,

y hoy en día los latinoamericanos descendientes de españoles.

Se dice que hay una alta proporción de personas apátridas.

No son como los olivos con raíces profundas en este suelo,

sino como orquídeas desarraigadas,

hermosas y apacibles, pero que no echan raíces.

Es una sensación amarga.

Si uno tiene nostalgia puede añorar algo,

y esto es también un tipo de felicidad,

pero el anochecer en la tierra natal no es algo que todos puedan cantar.

31. Rootless orchids

Granada

The Alhambra and Gothic cathedrals

stand as testament to a multicultural, polyreligious society

that attracted all manner of immigrants

Moors of North Africa, Arabs, Roma

and today, Hispanics from the New World

It's rumored many are stateless

They stand in sharp contrast to the well-rooted olive trees

These are rootless orchids

Beautiful, but cut off from the soil

A bitter feeling this must be

Were one to have a homeland to pine for,

this itself would give a kind of joy

but even a song to a long-lost fatherland is denied such as these

在西班牙的字彙裡

巴賽隆納是最能象徵浪漫的想像

彷彿有音樂韻律似的

文字的雋美及有詩意的感懷

總在未曾謀面時

就銘刻在心版

巴賽隆納

我來了

似乎回到了新月時代

志摩詩人再別康橋的情韻像黑膠唱片般的轉動

驀想襲捲過來

把自我浸潤在任何可以想像的纏綿中

巴賽隆納像海一般的思潮

在心底捲起千堆雪

32. Mi paraíso soñado

En el vocabulario español
la palabra "Barcelona" simboliza romance,
como si se tratara de una cadencia musical.
Belleza sintáctica, forma poética.
Como cuando encuentras algo que nunca has visto antes
y se te queda grabado en el corazón.
Barcelona,
he llegado.
Casi como si regresara a la época de la "Luna Nueva",
el poema de Zhimo "Adiós a Cambridge" da vueltas en mi cabeza como un
disco de vinilo.
Me sumerjo en cualquier enredo imaginable.
Barcelona evoca una ola de pensamientos,
que crecen en mi pecho como un alud.

32. Dreamland

In the corpus of Spanish words
"Barcelona" comes closest to pure romance
With a metrical cadence
syntactic beauty, and poetic form
it carved an indelible mark on my heart
when I wasn't paying attention
Barcelona!
I have arrived!
Like the coming of a new moon
Like a record, Xu Zhimu's "On Leaving Cambridge" spins in my head
Upon me like a tornado
I am swept up by emotion
Thoughts that Barcelona evokes
gather in my mind like a rolling snowball

臨窗的小客廳

子夜時刻

月光從窗外傾灑進來

竟感覺此時十分波西米亞

彷彿有千百隻精靈

在這樣的夜空中舞蹈

於焉

生火腿片、起司、綜合核果、外加一杯氣泡酒

臨窗自酌

沐浴在巴賽隆納子夜的月光下

驀然一種曠古的歷史孤獨感昇起

千年的幽幽啊

寂寥的靈魂邀月共醉吧

遂見嫦娥若鳳凰飛來

自遙遠的東方

孫吳也西遊記
——西班牙詩抄一百首

33. Bajo el cielo nocturno de Barcelona

Cerca de la ventana en el cuarto de estar

al llegar la noche,

veo como entran los reflejos de la luna.

Me parece un momento muy bohemio.

Como si hubiera miles de espíritus,

bailando en el cielo nocturno

y contemplando.

Tengo un plato de jamón serrano, queso, fruta y una copa de champán,

miro por la ventana y bebo solo,

bañado en la luz de la luna de la noche en Barcelona.

De repente el recuerdo de una historia me hace sentirme solo.

Siglos de aislamiento y soledad.

Las almas solitarias invitan a la luna a emborracharse,

para poder ver a Chang er que vuela como un fénix,

desde el lejano Oriente.

33. Nightcap under a Barcelona sky

Midnight
Moonlight pours in
through windowpanes in a small chamber
A downright Bohemian hour
as if 10,000 spirits were present
and dancing in the night sky

And so...jamon serrano, some cheese, nuts, and bubbly
Cheek by jowl with the window, I drink alone
Bathed by the Barcelona moonlight
suddenly a timeless loneliness arises
Faint, indistinct through the centuries it passes
Desolate spirits drink at the moon's call
as Chang E rises phoenix-like
from the far, far East

34 羅姆人流浪記

雖然羅姆人（註）在西班牙是比例很小的族群

但知名度卻是國際化的

說起吉普賽是無人不曉的

源出於北印度、流浪在歐洲、埃及、土耳其、中南美洲、美加等地

但在巴賽隆納是獨具一格的

算命卜卦及其他在流浪生涯中所衍生的行為

可以一望而知是吉普賽人獨特的裝扮

一種放逐生活培養出的狡點、敏銳、及歲月的痕跡被銘刻的臉龐

雖然有人警告與彼等保持距離

但我仍然有種好奇也略存憐憫的心理

特別是他（她）們沖著人微笑時

彷彿可以窺見笑容中的苦澀

難道是被造物者遺棄的族群嗎

但他（她）們仍堅強地存在著

捫心自問

難道自己不也是一個心靈的放逐者

似蒲公英般的飄泊

過著不為人知的波西米亞式的生涯

註：羅姆人散落在世界各地，約一千五百多萬，在各國稱謂不同，最
　　主要的有吉卜賽、波西米亞的稱呼

34. Recuerdos de vagabundeos romaníes

A pesar de que los romaníes son pocos en España,

su población se extiende a nivel global,

todo el mundo los conoce como gitanos.

Originarios del norte de la India, deambularon por Europa, Egipto, Turquía,

Latinoamérica, Estados Unidos y Canadá.

Pero los de Barcelona tienen un carácter único.

Puedes distinguirlos por sus dotes de adivinación y otras destrezas aprendi-

das en sus andanzas.

Rostros marcados por el destierro, la astucia y los años.

Y aunque algunos me advirtieron mantener la distancia,

siento a la vez curiosidad y compasión,

especialmente cuando sonríen,

como si se pudiera ver la amargura en su sonrisa.

¿Acaso han sido abandonados por el Creador?

Sin embargo mantienen una fuerte presencia.

Me pregunto a mí mismo,

¿acaso no soy yo también un alma desterrada,

bebiendo como un diente de león y

viviendo secretamente una vida bohemia?

✳ Nota*: La comunidad gitana o romaní compuesta por unos 15 millones de personas,
se encuentran asentados en todo el mundo y tienen diversos nombres en diferentes
países. Los principales son gitanos y bohemios.

34. The wandering Roma

Spain is nearly bereft of Roma,

but they are known here, as everywhere

Out of Northern India, they spread to Europe, Egypt, Turkey, the New
World

But the Roma of Barcelona are unique

Fortunetelling and other itinerant pursuits

give them away

as does their clothing

Their faces crafty, keen, and aged from a life of permanent exile

I've been warned to keep a distance

but I'm curious and filled with pity

Particularly when they—men or women—smile

When their bitterness comes through

Has the Creator truly cast them aside?

Yet, men and women alike, they persist in surviving

I am compelled to ask:

Am I not myself a wandering soul

blown about like a dandelion seed

as I live out a secret Bohemian lifestyle?

* n.b. Roma are found all over the world. Numbering some 15 million,
they are given different names, with "gypsy" and "bohemian" being
common.

清晨淡淡的薄霧飄渺
除了遛狗的人
街道上行人與車輛均十分稀少
好一份悠閒的時空
抬頭向上望
不知名的街樹
高高的枝幹沒有葉片婆娑
地中海型的空域
廣闊的天宇上飄了幾朵雲
平添了一份清幽的哲理
讓自我的靈魂滌清了不少
如此令人深思的美景

也激起了口腹之慾
路口轉角的早餐店
已有人在進食了
點一杯熱咖啡及一盤綜合肉食
坐在店外小廣場上的桌椅上
有冷風襲來
清冽而些微的寒意
令心靈為之寧靜
看空曠的街道上
霧來霧往

孫吳也西遊記
——西班牙詩抄一百首

35. Ocio en la mañana del domingo en Barcelona

Una niebla tenue en la madrugada,

a parte de algunos que pasean a sus perros,

hay pocos peatones y coches por la calle.

Un tiempo y un espacio para descansar.

Miro hacia arriba,

a un árbol de especie desconocida.

Ramas altas y sin hojas.

En el cielo mediterráneo

unas nubes flotan en el firmamento,

y junto con el pensamiento de la quietud

hacen que mi alma se aclare.

El paisaje que despierta tanto el pensamiento,

también despierta mi apetito,

y en la tienda de desayunos de la esquina

ya hay gente comiendo.

Pido un café caliente y un plato de jamón.

Me siento en una mesa de la terraza,

hay una corriente de aire fresco,

un suave y ligero escalofrío,

que pacifica mi corazón.

Miro las calles vacías.

Niebla que va y viene.

35. Sunday: a desultory Barcelona dawn

Ethereal fog hovers

and save for dogwalkers

the streets know neither pedestrian nor automobile

This, then, a time to refresh

I look skyward

at some nameless roadside tree

its high branches denuded of leaves

In the Mediterranean sky

a handful of clouds floats amidst a vast heaven

They add to the quietude

and wash clean my soul

Such magnificent scenery

whets the corporeal appetite

A corner nook

full of trenchermen

I take a coffee and some savories

At my table (I'm dining al fresco)

a fresh breeze blusters by

the crispness of winter on its breath

It calms me

as the fog wanders

over the square

在奎爾公園（Park Guell）的山風凜冽下
突然感受到巴賽隆納的寒意
特別嶺上的樹林受到風吹動搖曳之時
更有冷澈入骨的感受
為了避免繼續的受虐
找一排長椅坐下
看小廣場上一群野鴿子飛臨
灰色的野鴿子令人有一種安詳的氛圍
驀然我的心靈開始寧靜
進入東方的自我涅槃起來

孫吳也西遊記
——西班牙詩抄一百首

36. Madrugada de palomas

El viento de montaña sopla en el Parque Güell.

De repente noto que es invierno en Barcelona,

especialmente cuando las copas de los árboles se mecen por el viento.

Se cuela una sensación más fría aún.

Para evitar seguir con este martirio,

busco un banco para sentarme.

Veo una bandada de palomas volando sobre la plaza.

Estos pájaros grises crean una atmósfera de serenidad.

De repente mi corazón se calma

entro en un nirvana oriental.

36. Wild doves at daybreak

The brisk wind at Park Güell

reminds one that it's winter in Barcelona

A chill cuts through to the bone

when the hilltop trees begin to sway

I find a bench

to halt this abuse

and witness a flock of doves landing in the square

In their greyness, the doves impart serenity

In an instant, I become still

and enter nirvana

37 奎爾公園 (Park Güell) 攬勝

奎爾公園是企業家與建築藝術家共同創作的結晶
歐塞比、奎爾的企圖與高迪的藝術天才充分結合
形成了這間建築瑰寶
雖然由於各種因素
未能完成最後的創作
但原始的構想及建築藝術的呈現
卻是讓人敬佩的
奎爾公園是多元文化、藝術的融合
是古希臘文明、基督教傳統的共構
更添加了加泰羅尼亞的地方色彩
形成一種迥異的統合表現
走入歷史的時光軌道中
去探索人類永不停止的藝術追求

孫吳也西遊記
——西班牙詩抄一百首

奎爾公園
（Park Güell）攬勝

37. Disfrutando el Parque Güell

El Parque Güell es una obra creada por un empresario y un arquitecto.

Los planes de Eusebio Güell y el genio artístico de Gaudí

formaron este tesoro arquitectónico.

Aunque debido a algunos factores,

la obra no se pudo terminar,

la idea original y el arte de la construcción

causan verdadera admiración.

El Parque Güell integra diversas culturas y artes

elementos de la antigua civilización griega y la tradición cristiana,

a los que se añaden los colores catalanes.

Todo ello forma una obra única

que camina por las huellas de la historia,

mostrando que la búsqueda artística de la humanidad siempre continúa.

孫吳也西遊記
——西班牙詩抄一百首

37. Carpe diem at Park Güell

Park Güell is a true gem, the brainchild of an industrialist and an architect
Güell's plans and Gaudi's genius are here married
in an architectural triumph
Even though circumstances
arrested the park's completion
The dream, and the architectural splendor here
make one pause before greatness
Park Güell is a multicultural space where the arts dance together
Greek and Christian elements command attention
but the colors are distinctively Catalonian
Here indeed is a new creation under the sun
Passing here as it were through the ages
one abides in man's eternal quest to master the arts

安息日的巴賽隆納

泰半的活動是停頓的

所以能開業的餐廳多半客滿

原想享受西班牙加泰羅尼亞地中海食物的願望

不得不等待到翌日

也許會狠一下心

為了補償作用

我有想晉升上將（三星）的奢侈

再講吧

米其林三星是一種美食家追求的夢

先將食慾儲存起來

今天就嚐試一下中東食物

囊餅包肉及蔬菜

將就就食吧

38. En el restaurante árabe

Día de descanso en Barcelona.

Se para casi toda actividad,

por eso los restaurantes que abren están a rebosar.

Quería disfrutar de los placeres de la dieta mediterránea, tendré que esperar a mañana.

Y a lo mejor para compensar los efectos de esta decepción,

ascenderé a los lujos de un Almirante,

ya veremos····.

Un restaurante de tres estrellas Michelin es el sueño perseguido por todo gourmet,

pero primero a saciar el apetito

probando una comida de Oriente Medio,

un pan nan con carne y verduras.

¡A comer!

38. Sabbath shawarma

On the Sabbath in Barcelona
everything slows to a crawl
The few establishments that do open are, naturally, crowded
My dream of a Catalonian seafood feast
must be put off till the morrow
And maybe I'm just crusty
but how can I make up for this loss
and my missed promotion to Major General?
We'll see...
A three-star Michelin restaurant is a gourmet's dream
But this will wait satisfying
as today I decide on Middle Eastern
and settle for shawarma

嘆為觀止

是藝術也是生活用品的極致化

建築內外觀的設計

豈止是瑰麗而已

光與影的對照

色澤相互的協調

讓自我意念也溶入作品之中

高迪使藝術設計生活化

也極致到無以復加

原來詩的境界就是如此的

歐羅巴畢竟是藝術之洲

39. Una visita a las obras de Gaudí

Admirar hasta más no poder.

Es arte y es funcionalidad.

Tanto en el diseño interior como en la fachada,

es simplemente magnífico.

El contraste de luz y sombra,

y la coordinación de los colores,

hace que quiera disolverme en la obra.

Gaudí transforma el arte en vida

y lo lleva hasta el extremo.

Igual que la poesía.

Después de todo, Europa es la tierra del arte.

39. On Gaudi's works

I stand in complete awe
Yes, it's art, but also the ideal in practicality
Both the interior and exterior
are the epitome of Beauty
The play of light and shadow
and the correspondence of colors
draw me in until I am one with the piece
Gaudi's lively design
is irrepressibly sublime
That described by the poets is here
Truly, Europe is the home of art

如果我們是火鳥
也是東方佛典傳說中的鳳凰
每五百年會相約復活乙次
那時一起齊在月光下攜手
同遊浪漫之都
步北風裡的寂寥
走倦了
路旁的小咖啡座
喝一杯熱飲
用彼此的眸光取暖彼此
互許再一次五百年的相聚
直到生生世世

孫吳也西遊記
——西班牙詩抄一百首

Si fuéramos pájaros de fuego,

o el ave fénix en la tradición budista oriental,

cada quinientos años resucitaríamos.

En ese momento nos tomaríamos de la mano a la luz de la luna.

Ciudad romántica para viajar juntos.

Afrontando la soledad que trae el viento del norte,

nos hemos cansado de caminar.

Nos sentamos en un café al lado de la acera,

a beber algo caliente.

Pero es la mirada del uno al otro la que nos da calor.

Un encuentro que dura 500 años,

hasta el final de nuestros días.

40. Barcelona, hand in hand

Were we phoenixes
the birds of Buddhist legend,
we would rise anew every 500 years
Together, hand-in-hand in the moonlight
we would walk this city of romance
We would brave the desolation
of the North Wind
At a streetside cafe
we'd warm ourselves with a hot drink
and with the radiance emanating from each other's eyes
We would long for the next tryst, 500 years hence
and anon and anon till the end of time

孫吳也西遊記
——西班牙詩抄一百首

40 巴賽隆納四隻貓餐廳一瞥

到巴賽隆納去作客

不到四隻貓餐廳一瞥甚至光顧一回

有遺珠之憾

因為許多歐洲作家，藝術家都曾到此餐廳流連

無論成名與否

當然有一位在法蘭西成名的畫家

在故鄉西班牙時

常在此喝咖啡

構思他的畫作題材

不知畢卡索曠世名作是否也在

喝紅酒時醞釀的

也不知有多少紅粉與他在此相約

是否是他創作的泉源

我赴四隻貓

想追尋創作的靈感

不知可否如願

倒是吃了一頓不錯的巴賽隆納的美食

41. En el restaurante "Els quatre gats"

Si vas de visita a Barcelona,

y no visitas el restaurante "Els quatre gats"

te habrás perdido una joya.

Muchos escritores y artistas europeos visitaron este restaurante,

tanto afamados como desconocidos.

Por supuesto, hubo un pintor que se hizo famoso en Francia,

y que cuando volvía a España a su ciudad natal

paraba con frecuencia a tomar café aquí

y pensaba en temas para sus pinturas.

Me pregunto si las obras maestras de Picasso también se pensaron aquí,

mientras tomaba vino tinto.

No se cuántas mujeres se reunieron aquí con él

y si fueron el origen de alguna obra.

Yo vine a "Els quatre gats"

buscando inspiración para mis obras.

No sé si la he encontrado,

pero por lo menos he disfrutado de una deliciosa comida barcelonesa.

41. At Els Quatre Gats

If you're in Barcelona
and you miss out on a meal at the Four Cats
you've done yourself a great disservice
Through these doors have passed countless writers and artists
both famed and unsung
This includes one whose fame grew in France
who, when still in Spain,
took his coffees here
mulling over themes
Do any of his incomparable works hang here, I wonder
Over red wine I mull the questions—
was this his rendezvous point for a tryst with...?
And who among them was his true Muse?
I have come to the Four Cats
seeking creative inspiration
I don't know if I found it
but I did discover an excellent Catalonian meal

仍然在春寒

但冷冽中有微暖

是可以體念到的

到了午夜時刻

走在位於風口的街道上

還是要縮著身子

拉起衣領、戴上皮帽

頂著北風前行

遇到實在風太大時

就在建築物的突出處暫避一下

路燈微弱的光芒讓我感受不到溫暖

但屋舍花台上的植被在風吹晃動中

不屈地冒出嫩嫩的小綠芽迎著寒

驀然在燈光闌珊處

看到了初春的光

巴賽隆納悄悄布局了城市的迎春宴

42. Despunta la primavera en Barcelona

Son los últimos días del invierno,

pero en medio del frío hay algo de calor.

Es algo que se siente

al llegar la medianoche.

Camino por la calle con sus corrientes de aire.

Aún me tengo que abrigar.

Levanto el cuello del abrigo y bajo la visera de mi gorra

para hacer frente al viento del norte.

Cuando el viento es demasiado fuerte,

me resguardo en las esquinas de los edificios.

La tenue luz de la farola no calienta,

y las macetas de los balcones se agitan por el viento,

pero los brotes verdes soportan el frío.

De repente donde se difuminan las sombras

veo el primer rayo de la primavera.

Barcelona le da la bienvenida silenciosamente.

孫吳也西遊記
——西班牙詩抄一百首

42. Budding spring

Winter has lost not her grip
yet the cold is jacketed in warmth
It's visceral, tangible
Strolling of an alley at midnight
one still pulls one's cloak closer
pulls the zipper tight, pulls down one's cap
the better to brave the North Wind
When the breeze grows too malevolent
one may take refuge in a building outcropping
but the streetlamps' dim glow kindles little warmth
Plants in hanging pots bluster about
but in them, green shoots greet the winter
And suddenly, where the streetlight fades
I see the first glimpse of Spring
Barcelona opens wide her arms to welcome her

彩繪玻璃色澤的籠罩下
聖家堂內室洋溢安詳的平和氛圍
特別是聖樂奏起時
人間的靈魂在天韻的熏陶下
開始進入虔誠的境界中
但願此間的天籟
能擴及到所有人聚集的地方
盼宗教的愛能淨化不良的記憶
所有的仇恨、爭端、及戰爭能盡數散去

43. Los sonidos de naturaleza en la Sagrada Familia

Envuelta en adornadas vidrieras de colores,

la Sagrada Familia está impregnada de una atmósfera de paz,

en especial cuando suena la música.

El alma humana vibra con el ritmo del cielo

y comienza a adentrarse en el mundo de la piedad.

Querría que este ambiente llegara

a todos los rincones donde la gente se reúne,

que la caridad borrara todos los malos recuerdos,

que todo el odio, las disputas y las guerras pudieran acabar.

43. The sound of nature at Sagrada Familia

Enshrouded in draping stained glass pools

Sagrada Familia is drenched in serene peace

and when sacred music fills the chamber—oh!

Human souls in the embrace of the great all-in-all

Here one is as in the Holy of Holies

A wish: for such an atmosphere

to expand everywhere Man treads

I pray that the power of agape will wash away

all thoughts of hate, all disputes, all war

逛累了在西班牙自有品牌L0EWE名店旁的TEN0Rl0餐廳的廣場上喝杯
咖啡
用悠閒的心情
看紅塵浮世的各色人群
奔忙在名利之中
用冷眼去嘲弄
也許有些諷刺
自己不也是沉浮其間
五十步笑百步
自命清高、以自我的標準評估人生
有時真失之輕率
一隻手指指責別人、四隻手指說自己
但看巴賽隆納名店大道上
人人樂此不疲
不由得羨慕兼嫉妒
終於忍不住
起而效傚
即使不良於行
也要策杖追趕

孫吳也西遊記
——西班牙詩抄一百首

44. Un bastón de caminante

Agotado de tanto caminar,

me siento a tomar un café en el restaurante Tenorio, que está al lado de la

tienda Loewe.

Estado de relax.

Miro a la gente tan variada de esta ciudad.

En medio del ajetreo y del bullicio

los miro distante y burlón.

Tal vez con algo de ironía.

Pero ¿acaso no soy yo también uno de ellos?

Los que huyen 50 pasos se ríen de los que huyen 100*.

Creyéndome distante de las cosas mundanas, pienso que puedo evaluar a los

demás.

A veces ciertamente me pierde la indiscreción.

Si señalas a los demás con el dedo, los otros cuatro dedos apuntan hacia ti.

Pero al mirar las tiendas famosas de las calles de Barcelona,

todos están entretenidos.

No puedo evitar admirarles y tener celos.

Finalmente, no me puedo contener,

me levanto

y a pesar de que cojeo,

sigo paseando con un bastón.

---

* *Mencio en el diálogo con Liang Hui Wang le cuenta que dos grupos de soldados huyer-*

on del frente. Los que habían huido 50 pasos se reían de los que habían huido 100 por su cobardía. Señala la estupidez de ridiculizar a los demás cuando todos cometemos errores (N. del T.).

44. Strolling with my cane

I stop, worn from walking, at the Tenorio next to Loewe

Coffee turns up

so I t urn my gaze to the people going about this vale of tears

Scuttling about after fame and fortune

I look down on them

But how ridiculous!

Am I not steeped in the same spirit?

The pot calling the kettle black?

The way of a man right in his own eyes, and the scale on which he judges others...

So cavalier...

One finger points the blame while the other four know the blame is within

But on Barcelona's Fifth Avenue

they never weary of it

Should I feel jealous?

In the end,

I rise

Even when all seems lost, still we must keep up, clutching to our canes

孫吳也西遊記
——西班牙詩抄一百首

LESSON
45 巴賽隆納的月光

坐看夜月昇起

有些微的涼意

大道上人群仍然熙攘

燈光此起彼落

漸漸形成一片明亮的燈海

但我仍然被天上的月光陶醉

無論東方西方

同一個月照著

也無論在台灣或西班牙

都是共圓的

縱有時差

同樣感受到它的光芒

45. Claro de luna en Barcelona

Me siento a ver cómo sale la luna,

un escalofrío recorre mi cuerpo.

La multitud de la calle sigue bulliciosa.

Una detrás de otra se encienden las farolas,

poco a poco todo se vuelve un mar de luz.

Pero yo sigo embebido con la luz de la luna.

Tanto en Oriente como Occidente,

es la misma la que brilla,

sea en España o en Taiwán,

siempre redonda.

Aunque a veces no esté completa

de igual manera me deja sentir su luz.

孫吳也西遊記
——西班牙詩抄一百首

45. Moonlight over Barcelona

Watching the moonrise
a chill overtakes me
Restless people bustle down the streets
and create a sea of light
As for me, I am still bewitched by the moonlight
East or West
the same moon shines
In Taiwan as in Spain
it remains just as round
Whatever the hour
I bathe still in its light

穿梭在中古、及現代歐洲的文明裡

宗教的、藝術的、音樂的、建築的都令我的靈魂震憾

多元民族的興替、融合創造了更璀璨的文化

令我的視野及思潮有了更開闊的體會

拉丁民族的熱情伴著佛拉明哥舞的旋律

澎湃在我的心韻裡

鬥牛士的瀟灑及奔牛節的狂野

唐吉訶德的瘋狂及勇氣是我不具有的羨慕

卡門的放蕩、我願去採摘她口銜的玫瑰而不畏被刺

更傾倒於唐璜的風流韻史

高迪的建築天分是無與倫比的

畢卡索的放蕩不羈與畫作的永垂不朽

在在許多、許多在在……

讓我日思夜夢

想在這片橄欖樹遍野的土地上飄泊流浪

46. Vagabundeando por la pasión española

Viajando entre las civilizaciones europeas antiguas y modernas,

el arte, la música, la arquitectura y la religión me han tocado muy dentro del alma.

Las vicisitudes de los grupos étnicos han creado una cultura más ambigua,

que amplían mi experiencia y mi visión.

La pasión latina danza al compás del flamenco

que nace de mi pecho.

Envidio la agilidad del torero, la bravura de los toros,

la locura y el coraje de Don Quijote y el libertinaje de Carmen.

Estoy dispuesto a quitarle una rosa de su boca sin temor a ser apuñalado,

a ser aún más despreciado que el romántico Don Juan.

El incomparable talento arquitectónico de Gaudí

y el inmortal estilo libre y desenfrenado de las obras de Picasso,

me llevan a soñar,

y pienso que vuelo sobre los campos de olivos.

46. Vagrant amid Spanish passion

Straddling the ancient and modern Europes

Shaken to the core by the spiritual, artistic, musical, and architectural beauty here

The rise and fall of cultures, of peoples, leaves an amalgam all the more dazzling

Scales now off my eyes, my horizons broadened

Latin fire dances to a Flamenco beat

surging within my breast

Swaggering matadors at the wild running of the bulls

I envy Don Quixote his madness and his bravura alike

I defy the thorns in plucking the rose from wanton Carmen's lips

I salute the incomparable Don Juan for his conquest

Meanwhile, Gaudi's genius unparalleled

Picasso's name resounds forever, for painting as well as debauching

And so it goes...

Such fill my waking thoughts and sleeping dreams

and a desire to roam this land of olives wells up in my soul

像藝術品般力求完美

巴賽隆納的聖家堂仍朝登峰造極的方向前進

高迪另一個建築藝術的偉大呈現

外觀的獨特及堂內的設計表現手法

令人不得不讚嘆他天才的洋溢

擺脫歌德式建築的窠臼

另類的建築天分

創造了他不朽的作品

聖家堂作為上帝人間光臨的所在是不容置疑的

47. Visita a la Sagrada Familia

Así como una obra de arte lucha por ser perfecta,

la Sagrada Familia de Barcelona avanza hacia su culminación.

La otra gran obra arquitectónica de Gaudí,

con una fachada única y una particular técnica de diseño en el interior,

hace que todos admiren su genio desbordante.

Dejando atrás el estilo gótico,

y utilizando un nuevo estilo arquitectónico,

Gaudí creó obras monumentales

Indudablemente la Sagrada Familia muestra la presencia de Dios sobre la

tierra.

47. At Sagrada Familia

Seeking out artistic Form

Sagrada Familia approaches such a pinnacle

Yet another architectural triumph of Gaudi's

The craftsmanship of both façade and interior

captivate and command praise for genius

He flew from Gothic tradition, creating something new...

creating a new standard of genius

And in so doing, made a building for the ages

Here, God's presence among men is beyond question

逛巴賽隆納名店大街時

在某一名牌店外

有一位吉普賽的老婦人不斷哼唱著歌在乞討

不成調、也不知內容是訴說什麼

但肯定不是快樂的放歌

被悲淒的韻吸引住了

看了一些辰光

沒有人去理會

便不自覺地去投幾個銅幣

驀然內心有股悲涼的痛昇起

沒有國、哪有家的至悲襲上心頭

流浪飄泊了千年

哪裡是自己的故鄉

夢魂欲寄往何處去

孫吳也西遊記
——西班牙詩抄一百首

48. Escudero perdido

Paseando por las calles de Barcelona,

en el exterior de una famosa tienda de marca,

hay una gitana anciana que mendiga cantando.

No canta bien y no entiendo lo que dice,

pero no parece un canto feliz.

Atraído por la triste rima,

veo algo de luz,

parece que a nadie le importa.

Inconscientemente lanzo algunas monedas

y se me encoge el corazón.

Sin país, sin hogar al que dirigir el pensamiento,

vagando miles de años.

¿Dónde está nuestra tierra natal?

Está allí donde dirigimos nuestros sueños.

48. The mire of homesickness

On Barcelona's Fifth Avenue
I stop before a window
A gypsy woman sings for alms
Off key and unintelligible
a lachrymose song nonetheless
Her melancholia stops me in my tracks
A finger of daylight appears
but no one notices
And so I toss her a few coins
and am swept up in sudden sorrow
I can feel the pain of having no nation, no home
rootless wandering for a thousand years
Where, where is one's home?
The place one's dreams, one's soul, can abide

孫吳也西遊記
——西班牙詩抄一百首

逆旅在異國的民宿中
獨眠
窗外無星也無月
街道上寂寥無人
異國的時空特別惹起心愁
冬日將盡
心頭的寒已漸漸驅散
但不再期盼
眾裡尋她千百度
驀然回首……
沒有燈火
真的闌珊無處

想要獨自放歌
沒有蟲鳴伴奏
知音難覓
火鳥何在
再等五百年嗎
屆時容顏已老
只恐心靈深處無人惜

49. Esperando

Me hospedo en un hotel de un país extranjero.

Duermo solo.

Fuera no hay estrellas ni luna,

tampoco hay nadie en la calle.

El tiempo y el espacio en un país extranjero crean cierta tensión,

se acerca el invierno.

La frialdad del corazón poco a poco se dispersa

pero ya no esperaré.

La busco miles de veces entre la multitud.

De repente vuelvo a donde estaba.

No hay ninguna luz que alumbre,

realmente no hay salida.

Quiero cantar solo,

sin el sonido de insectos que me acompañen.

Es difícil saber

dónde está el pájaro de fuego.

¿Debo esperar otros quinientos años?

Cuando mi rostro sea viejo

Solo me preocupa que nadie cuide de mí.

孫吳也西遊記
——西班牙詩抄一百首

49. Waiting

A flophouse in a foreign land
I sleep alone
Even the moon and stars have abandoned me
Streets of night, desolate
Fears grow more readily in a strange land
Winter descends
I shake off my melancholy
but hope climbs not in
I've searched fruitlessly for her
but all of a sudden, I'm back where I began
The lamps have dimmed
It's a dead end
I want to sing alone
no cacophony drowning me out
A true friend is hard to find
Whither the phoenix?
Must I pine another 500 years?
Although age shows on my countenance
my only fear is that no one
will care for the me
that is truly me

也許更接近天

不再有人間的諸多煩惱

特別晨曦中的塔影

給了莫大的聖潔光輝

不知如此的情境中

誰來播送天籟

彷彿看到天使們在迎著晨起的光

彩虹似的窗玻璃投射出誰的心懷

摯愛的人

期待永生的火鳥

在旭光裡飛翔

在我眸中永不消失

孫吳也西遊記
——西班牙詩抄一百首

50. La Sagrada Familia en la madrugada

Tal vez cuando uno se acerca más al cielo,

deje de preocuparse por lo mundano,

especialmente con las sombras de las torres en la madrugada,

que reflejan un resplandor casi sagrado.

No sé qué es lo que hace que en este ambiente,

se oiga el sonido de la naturaleza.

Como si los ángeles recibieran la luz de la mañana

o si la ventana de cristal proyectara en un arcoíris las esperanzas de un corazón.

Persona amada.

Siempre esperando el ave de fuego,

que vuela en la luz,

y nunca desaparece de mi mente.

50. Sagrada Familia bathed in morning light

Up there in the firmament
is there freedom from life's cares?
Glimmers of the day's first sunshine
are a baptism
Who is it that releases the sounds of nature
just at this moment?
It's as if angels welcomed morning's light
Whose hopes are streaming through the rainbowed glass?
Beloved,
I yearn for the immortal phoenix
to take flight in the early dawn
and remain always as the apple of my eye

孫吳也西遊記
——西班牙詩抄一百首

這樣的夜很寧靜

雖然晚餐從七、八點正式開始

但沒有太多的喧鬧聲

無論室內或廣場上

無論喝酒與否

都彷彿不是在用餐

而是用心地在品嚐美味

讓舌頭及心去仔細體會

西班牙食物及葡萄酒是要細酌慢品的

他們有佛拉明哥的節奏及巴賽隆納的民謠

熱情與不在乎的拉丁民族個性

鮮有爭執的狀況

從車輛禮讓（特別是計程車司機的表現）可以窺知一二

喜歡這個城市的安詳與寧靜

但也充滿生機

巴賽隆納

我不會揮一揮手就此作別

因為一杯不到二塊歐元的咖啡

讓你自自然然坐在廣場的飲料吧座上

可以觀賞一個上午的都市作息

也可以豪華地去品嚐二百歐元一客的米其林三星餐（須最少要三個月以前預訂）

多美好的城市

怎忍不再去回顧

51. Cuántas cosas inolvidables en esta ciudad

Es esta una noche muy tranquila,

aunque a las 7 o a las 8 se empieza a cenar

no hay demasiado ruido.

Tanto en las casas como en las plazas,

se beba vino o no,

es como si nadie estuviera comiendo,

sino que estuviesen degustando un exquisito manjar,

dejando que el paladar y el corazón experimenten.

La comida y el vino españoles son para degustar.

Tienen el ritmo del flamenco y la tonada de Barcelona.

Apasionada y desenfadada raza latina.

Un ambiente de pocas peleas,

en el que incluso los coches se tratan con cortesía (especialmente los taxistas).

Me gusta la serenidad y tranquilidad de esta ciudad

aunque también está llena de vida.

Barcelona.

No puedo despedirme sólo con un adiós.

Y como un café cuesta menos de dos euros,

me siento en un bar de la plaza,

y contemplo la mañana de un día de descanso en la ciudad.

También podría ir a un restaurante Michelin. (hay que reservar con tres meses de antelación)

¡Qué ciudad más hermosa!

¿Cómo voy a renunciar volverte a mirar?

51. The many diversions of Barcelona

Night and all is quiet

It's the dinner hour

but strangely still

Inside, outside

imbibing, refraining

The people are not eating

but engaged in a culinary rite

where mouth and mind are having an experience

Spanish cuisine, like Spanish wine, is to be savored

The passion and Latin joy of flamenco, of folk songs...

Here good feeling reigns

Even in the car culture this is evident

(Taxi drivers are models of decorum)

I adore the peace and quiet here

as well as the liveliness

Oh, Barcelona!

I cannot just wave goodbye!

With your €2 coffees

I can enjoy alfresco

and watch the noonday city's bustle

With your three-star Michelin restaurants

(that require a three-month booking)

Oh, city of beauty,

I cannot bear to even think of you now!

孫吳也西遊記
——西班牙詩抄一百首

如果時間得閒

囊有幾文可供揮霍之金

背起背包

到陽光之地來作個遊民（遊歷之民）

這裡無論都會或小鎮

都可當作田園或者詩之樂園

沉醉在逝去文明的暮光中

每一方石、每一座雕像、每一棟建築

歷史與現代交融得恰如其分

毫無扞格之處

美好到如一杯特調的咖啡

不忍一口喝下

只能細細品味

如有一輛自行車

騎著穿街闖巷

在鄉間小路的花徑中

在小鎮曲折的巷弄內

在都會林蔭滿布的大道上

穿梭在中古及現代文明的沐浴中

等到春風拂過大地的三、四月

花豔草綠樹鬱的時刻

該是另一番招展的風情

孫吳也西遊記
——西班牙詩抄一百首

52. Disfrutar de la vida campestre

Con tiempo para descansar,

un poco de dinero para gastar,

y una mochila.

Me hice itinerante en la tierra del sol.

No importa si es ciudad o pueblo,

todo puede convertirse en campo o en paraíso de poetas.

Me sumerjo en las luces de las civilizaciones pasadas.

Cada piedra, cada estatua, cada edificio,

combinación perfecta de historia y modernidad

donde nada se contradice.

Perfecto como una buena taza de café,

que no puedo beber de un solo sorbo,

tengo que saborearlo delicadamente.

Si tuviera una bicicleta

pedalearía por las calles,

por los caminos rurales de flores,

las callejuelas de los pueblitos

o las avenidas llenas de árboles.

Inmerso en el ir y venir de la cultura clásica y moderna,

hasta que sople el viento de primavera en marzo o abril.

Cuando los árboles estén verdes y floridos

52. Rusticating

With unoccupied time,
a little spending money
and a backpack
I become a vagabond in the land of the sun
City or village
all seem right for a garden or a poet's corner
Here, one is intoxicated by the dreary embers of the setting sun
and every outcrop, every statue, every artifice
is a perfect alloy of old and new
No contradictions introduced
Beauty unmatched as a good house coffee
Here, one must simply imbibe
sipping softly, softly
Had one a cycle
one could spin down alleys and lanes
down flowered village paths
down twisty hamlet streets
down tree-lined urban avenues
One is bathed in the ancient and the contemporary
In March or April,
when the winds of spring begin to blow
when flowers bloom and trees burst forth a glory of green
the world takes on
a completely new mien

192

孫吳也西遊記
西班牙詩抄一百首

流連在歷史的浮光掠影中

歲月的鏡子照得我們驀然心驚

俱往矣的無情

誰也留不下想要的事蹟與痕跡

只剩下晨光夕陽空照著斷垣殘壁

看到了進化的殘酷

不必要太追尋了

找一個可以憩息的所在

喝一杯吧

咖啡，巧克力奶，氣泡水，或任何茶飲都好

想要坐下來看看有情之物

那隻乖乖坐在燈柱旁的黑狗

主人不知何處去了

它卻盡忠職守等候著

感動於周遭良好的氛圍

覺得我自己也要感受一些心靈的美好

坐下來喝一杯了

孫吳也西遊記
──西班牙詩抄一百首

53. Descanso en un café del callejón

Colgados en los destellos de la historia,

de repente nos vemos reflejados en los espejos de los años,

ausentes de piedad.

Cada uno deja el rastro que desea.

Tan solo la luz de la mañana cae sobre la pared.

He visto la crueldad de la evolución,

no hay que buscar demasiado.

Encuentro un sitio para descansar

tomar algo:

un café, un chocolate con leche, un poco de té o de agua con gas, cualquier

cosa.

Quiero sentarme a ver todo lo que pasa.

El perro negro se sienta al lado de la farola.

El amo que no sabe dónde está,

pero espera fielmente.

Impresionado por el buen ambiente alrededor,

creo que debo sentir la belleza en el corazón.

Me siento y me tomo una copa.

53. Seated at a café

Floating along the currents of history
a fright as the years creep up on me
heartlessly
But none leave with the things, or even the scars, they want
With only the morning light to lighten we broken temples
Too-cruel progress
Seek it not!
Rather, a quiet place
a drink
coffee, cocoa, a soda-pop, even tea will suffice
Sit and seek out pleasant things
The quiet dog seated by the lamppost...
Whither its master?
There he stands keeping watchful vigil
A pleasant air permeates this place
I am compelled to feed my soul here
And so, waiter—another cup!

賽維爾滿市區的橘子樹是視覺裡的大愜意

而體念大教堂的壯觀及傳奇更是愜意中的愜意

摩爾人的伊斯蘭文化與基督教文明更在大教堂的建築上互相競豔

燦爛出新的瑰麗

不過此行最大的願望

卻是朝謁人類最偉大的探險家

哥倫布的靈柩

有誰能有這麼樣的榮耀

棺槨是由航海時代西班牙的四個國王扶靈

這種殊榮被雕塑成像

供給後人憑悼

可以見證權勢不能代表一切

新大陸的發現改變了人類的歷史

這個偉大事蹟的貢獻

是超過任何皇冠的權威

賽維爾大教堂啟示

讓我們有更深刻的感悟

54. Visitando la tumba de Cristóbal Colón

Un gozo para la vista son los naranjos del centro de Sevilla, y la espectacular
y legendaria catedral es pura satisfacción.

La cultura morisca y la civilización cristiana adornan la catedral,
haciendo que florezca un nuevo diseño.

Sin embargo, en este viaje lo que más deseo
es visitar la tumba del más grande explorador:

Cristóbal Colón

¿Quién ha alcanzado tanta gloria?

Sirvió a cuatro reyes españoles durante la era de la navegación a vela.

Y esta gloria ha quedado esculpida,
para ser testigo ante las futuras generaciones.

El descubrimiento del Nuevo Mundo cambió la historia de la humanidad.

La contribución de este gran hecho,
sobrepasa cualquier corona.

Por eso, lo que vemos en la Catedral de Sevilla
nos permite comprenderlo con más profundidad.

54. Respects to Columbus

The orange trees of Seville are a feast for the eyes

Seville Cathedral is beyond compare visually, and oh! for its legends!

Moorish Muslim and Spanish Catholic culture are both enshrined

in the cathedral's design

From this union, a new flowering

Here also the tomb of humanity's great explorer

Christopher Columbus

Who among the sons of Adam can surpass him in glory?

His casket borne aloft by four kings of the Age of Sail

Glory made real

for generations of pilgrims

But showing as well that power, all power, is limited

Discovery of the New World changed history

The honor gained from such a feat

outweighs that of any crown

The Cathedral of Seville

is a perpetual reminder of this profound truth

巴賽隆納的最後一夜

這座的城市開啟了我心靈的善

暫住公寓的房客

無論東方或西方等各色人種

無論熟識與否見面都會口稱:哇啦

在這裡貧富有差距

也有功利主義的現象

但彷彿看不到太對立的狀況

拉丁民風的平和與善良

特別在公眾場合

看不到像其他地方有欺生抬價的現象

喜歡這裡的人

坐在廣場或小店外的咖啡座上

幽閒地用餐

似乎輕鬆到天塌下也不在乎的樣子

見識到一個緊張世界中的另一幅悠閒天地

告別此間的前夕

向隔鄰印巴人開的小雜貨店買些當地的小食品

然後到對街的三角廣場上露天咖啡吧去喝一杯咖啡

外加一杯紅酒及一些火腿拼盤

好整以暇地瀏覽一下巴賽隆納的真正夜色

55. La última noche en Barcelona

Esta ciudad me agrandó el corazón.

Inquilinos temporales,

sean orientales u occidentales

conocidos o no, todos saludan con un ¡HOLA!

Aquí existe brecha de riqueza y

también hay algo de utilitarismo,

pero es como si no pudiera ver la confrontación.

La paz y la bondad de la gente latina,

invade sobre todo los espacios públicos.

No veo que se aprovechen de los extranjeros como en otros sitios.

Me gusta la gente de este lugar.

Sentado en un café en la plaza o en una pequeña tienda

comen tranquilos.

Aunque el cielo se caiga, no les importa,

he descubierto un mundo pausado dentro del mundo estresante.

Es la víspera de la despedida,

compro algo de comida local al lado de una tienda india pakistaní.

Después me voy a una cafetería al aire para tomar un café,

además de un vino tinto y algunos platos de jamón.

Demos una vuelta por una auténtica noche de Barcelona.

55. Last night in Barcelona

This city has been an inspiration
Guests at the complex
are from all points of the compass
Yet all greet all with the unadorned, "Hola!"
Here you can tell the rich from the poor
and there's a utilitarian air
Missing, however, is outright confrontation
A Latin sense of harmony and kindness pervades
particularly in public places
Absent here the cheating of strangers prevalent in other places I have
known
I feel a growing fondness for these people
Dining al fresco in a plaza
or at a bistro
as if to while away the day
an oasis of peace in a jittery world
On this, the eve of my departure,
I buy some sundries from the Indian next door
and enjoy a coffee under open skies
at a tricorner plaza nearby
Then, a course of wine and jamon,
Thus relaxed, I settle in to enjoy the bustle
of Barcelona at night

孫吳也西遊記
——西班牙詩抄一百首

56 今夕開始想台北及高雄了

台北據說今天氣溫攝氏十五度

但淡水天元宮的櫻花卻已經盛開了

離開高雄近二週

不知院中的植被是否有受到雨露的滋潤

還好我是菜市場命

所種的花樹也是經得起各種氣候的凌虐

但還是心裡想要關懷一下

最重要的是高雄朋友們如何了

許多朋友許久沒有聯絡了

更思念愛河的水及柳樹下等待伊人的浪漫

離開桃園機場到馬德里、不巧Line開始out of work、勉強幾天後

竟然從手機上消失了

靠FB寫詩作

不致於斷炊

完成了西班牙詩抄幾十篇

56. Esta noche comienzo a pensar en Taipei y Kaohsiung

He oído que en Taipei hoy están a 15 grados,

pero en el Palacio del Cielo de Tamsui las flores de cerezo están en plena floración.

Hace casi dos semanas que dejé Kaohsiung.

Me pregunto si las macetas de mi patio tendrán agua de lluvia.

Por suerte mi destino es ir con frecuencia al mercado.

Todo lo que he plantado puede soportar cualquier clima,

pero aún así quiero que estén bien.

Aún más importante es cómo están mis amigos de Kaohsiung.

Hace tiempo que no hablo con muchos de ellos.

Al despegar en el aeropuerto de Taoyuan hacia Madrid,

el Line comenzó a fallar,

unos días más tarde despareció del teléfono.

Por eso comencé a usar FB para escribir mis poemas

por lo menos esto no me fallará

y así puedo completar docenas de poemas sobre España.

56. Longing for home in the gloaming

I hear it will be fifteen degrees in Taipei today
but that the cherry blossoms have popped
before Tamsui's Tianyuan Temple
A fortnight now since I've seen Kaohsiung
Have the rains seen to it my plants are watered?
I'm blessed to be a simple man
and my plants reflect this, as they can stand all climes
Yet still I worry about them
More to the point, how fare my friends?
I've been out of touch for so long
My Line account last worked at the airport
after which it flat-out disappeared
Yet as I've left my poetic musings on Facebook
managing to pour out a few dozen verses
It's not as if I'm leading a monkish existence

LESSON

57 再別，西城

小酒館夜半的徘徊

新月在天空中獨自清亮

醉眼裡的世宇一片朦朧

離別的時候

無論人事物

最好在半夢半醒間揮別

不須長亭式的不捨

揮一揮酒意中的情濃

亭閣裡的夢幻

都在甦醒霎那

飄浮在歷史的夕陽中

再來一杯

只是讓月更朦朧

孫吳也西遊記
──西班牙詩抄一百首

57. Hasta la vista, ciudad española

En el bar a medianoche.

La luna nueva brilla sola en el cielo.

El mundo visto con ojos de borracho.

Cuando se acerca la despedida,

sea quien sea,

es mejor decir adiós en medio de los sueños.

No se necesita estar en una gran pagoda,

hay que dejar pasar las emociones que vienen con el vino

Las ilusiones que nacen del sueño

están despertándose.

Flotando en una histórica puesta de sol,

bebiendo una copa tras otra,

sólo hace que la luna se vuelva más borrosa.

57. Farewell to the West

I pace away the small hours at the hotel
a crescent moon has full play in the night sky
The world seems such a miasma through intoxicated eyes
The time to depart has come
It's best to take one's leave of people, things, affairs
as if one is sleeping half awake
No one enjoys a drawn-out goodbye
Dash away these emotions as the drunken haze they are
A dreamy pavilion
comes alive in the twinkling of an eye
Floating about in the sun-trail of history
Another glass
to keep the moon locked firmly in this mist

到了馬德里

我最關心的竟然是何處可以吃到西班牙油條

所以一早、大約馬德里時間上午七點半

就摸黑到巷弄裡

去尋覓類似台北永和豆漿的早餐店

以為自己是最早的客戶

一推門發覺已有七八成的占桌率

但大部分是東方臉孔

本地人不多

也許他們沒有起得那麼早

我們點了大小油條各二盤

也叫了巧克力奶及咖啡

可惜沒有供應豆漿

否則就好像大伙聚在新北市的永和吃燒餅油條豆漿

不能免俗的我要了杯牛乳

吃來像甜豆漿配油條

說真格的

出外旅遊是到處走走、逛逛

但職業性使然還是心掛經營策略的探討

大家談話的主題竟然不是好不好吃

而是說如果引進台北該如何展業
不過西班牙油條真得不錯吃
大油條的口味幾乎與國內一致
小油條口感就比較脆
不過
都很好吃

孫吳也西遊記
——西班牙詩抄一百首

58. Churros españoles

Al llegar a Madrid

lo que más me importaba era encontrar dónde comer churros.

Por eso, muy pronto, alrededor de las 7:30

salí a las calles de Madrid a buscar.

Buscaba algo similar a las tiendas de desayunos en Taipei.

Pensé que era el primer cliente,

y cuando empujé la puerta descubrí que el 70% u 80% de las mesas estaban

ocupadas,

aunque la mayoría de los clientes tienen cara oriental.

Hay muy pocos lugareños.

A lo mejor es que no se levantan tan temprano.

Pedimos dos platos de churros grandes y dos de pequeños.

También pedimos chocolate y café,

lástima que no haya leche de soja.

De lo contrario, sería como si nos reuniésemos todos en Yonghe en Nuevo

Taipei para comer shaobing, leche de soja y youtiao.

No puedo evitar pedir un vaso de leche,

el sabor se parece a los youtiao con leche de soja,

lo digo de verdad.

Cuando se viaja al extranjero uno camina y pasea por todos lados.

Sin embargo por profesionalidad aún podemos discutir las estrategia de ven-

tas,

lo que todos hablan no es si está rico o no

Sino de si se puede desarrollar este negocio en Taipei.

A pesar de eso, los churros españoles son realmente buenos.

El grande es casi como el de Taiwán,

pero el pequeño es más crujiente.

Los dos son deliciosos.

58. On churros

Arriving in Madrid

to my great surprise, my greatest concern is finding churros

Daybreak, seven-thirty Madrid time

I feel my way through unfamiliar streets

seeking an eatery akin to Yonghe Soy Milk

I thought I'd be first, but no,

the shop is nearly full

Asian faces greet me

as few locals are about

Perhaps the hour is too early?

I order churros large and small

a cocoa, a coffee

Pity there is no soy milk

Or it would really feel like New Taipei City

with everyone bellied up for a sesame bun, a cruller, and soy milk

So I order some milk

and it feels more like home

It's simply grand

Travel means gadding about

But some here are looking to do business

People here aren't talking about the food
but how to launch such an operation back in Taipei
Truly, though, Spanish churros are delicious
The big ones taste almost like our crullers,
while the smaller ones are ever so crispy
All in all
quite the treat

時不我予
每一個心想有番作為的人
常會有類似的念頭
四百多年前西班牙作家
應該說是人類的作家
定然心頭也有這樣的感觸
賽萬提斯於焉寫下了唐吉訶德大人這本曠世鉅作
主人翁唐吉訶德
生長在一個已經沒有騎士的年代
卻作著騎士的夢
堅持走自己的路
我們的唐吉訶德大人懷著如此的壯志雄心
帶著傻傻卻忠心的隨從
一心想作扶弱濟貧、見義勇為的俠客
卻遭遇到一個愚昧的社會
讓唐吉訶德受盡挪揄、嘲諷及作弄
然賽萬提斯讓這位瘋狂又執著的唐吉訶德大人不改其志一路勇敢下
去……
最後用他去攻擊風車作一個悲劇性的結束
能臨創作者的斯土
心中倍感五味
我也有一個夢
但願能生為大唐長安人

孫吳也西遊記
——西班牙詩抄一百首

59. Sueños y caminos ... Don Quijote

A veces yo no soy yo mismo.

Todo el mundo quiere ser alguien más.

A menudo ocurre este pensamiento.

Hace más de cuatrocientos años, un escritor español,

-debería decirse que es un escritor de la humanidad-

 tuvo ciertamente el mismo sentimiento.

Cervantes escribió su obra maestra: Don Quijote.

El héroe Don Quijote,

que creció en una época en la que ya no había caballeros,

pero que soñaba con convertirse en uno de ellos.

Fue fiel a su propio camino.

Don Quijote tenía ambiciones nobles,

con su simple pero leal criado,

fue sirviendo de todo corazón a los débiles y a los pobres

en medio de una sociedad ignorante,

que le hace sufrir, se burla y le engaña.

Sin embargo, Cervantes le hizo loco.

Un lunático y terco,

que no vacila en su ambición y va con valentía...

Por último al atacar un molino de viento le llega su trágico final,*

y va al encuentro del Creador.

El corazón lo siente todo.

Yo también tengo un sueño similar.

Si tan sólo pudiera haber nacido en la Dinastía Tang···.

*Don Quijote no murió al atacar un molino. Murió de fiebre.

孫吳也西遊記
——西班牙詩抄一百首

59. Rosinante to the road

Time and tide wait for no man
Everyone has his hero
(Or at least I think so)
Cervantes, that Spanish author, or rather that world author
of four centuries ago
must have felt the same way
when he penned the immortal Don Quixote
Don Quixote, born when knights had long left the field
had dreams of knighthood
And was determined to cut his own path
Our Don Quixote is bold of heart
and followed by the dull but loyal Sancho Panza
Desirous of doing right and aiding the unfortunate
our knight-errant moves in a society asleep
that ridicules, taunts, and teases him
As Cervantes lets his madman
this bold but wild Don Quixote
remain steadfast unto the last
as he tilts at windmills
The author's creation
comes to life so vividly
that a wish comes into being:
If only I could be reborn
a citizen of Chang'an
during the Tang Dynasty...

初春的光開始亮麗

嫩芽在枝幹上有了生機

野地上的花顏不守秩序地搶紅

不想落後

早櫻在某些地區不甘示弱展露芳菲

在冷露籠罩的山麓中

寒風中抖動的花容顯得楚楚動人

我見猶憐的感動

雖然在巴賽隆納停留的感受是令人不捨離開

但還是決定盡快回國到淡水去護花

孫吳也西遊記
——西班牙詩抄一百首

60. Cerezos en flor

Con las primeras luces de la primavera,

los brotes de las ramas cobran nueva vida.

Las flores silvestres explotan en colores rojos,

como si no fueran a morir.

Para no quedarse atrás las flores de cerezo se abren desprendiendo su fragancia.

En las frías montañas,

los vientos del ártico revuelven las bellas flores,

con cierta compasión.

Estando en Barcelona siento que no quiero irme,

pero aun así decido regresar a mi país cuanto antes para volver a mi querido Tamsui.

60. Cherry blossoms

The light in spring seems brighter
Succulent blooms bring life to dry branches
Fields spring wildly into sanguine life
as if they didn't want to be left behind
Not to be outdone, early cherry blossoms release their fragrance here and
there
While in the foothills, enwrapped in cool mist
the flowers dance prettily in the cold breeze
I am moved to pity
Heartwrenching as it was to part with Barcelona
yet still I returned to Danshui for the sake of the flowers...

孫吳也西遊記
——西班牙詩抄一百首

61 小憩在異國酒館中

臨別的夜裡

情牽片片

喝一杯解愁吧

典雅的月光下

酒館沐浴在一種離情依依的氛圍中

也許明日又天涯

相逢無處

窗外月影開始偏了

侍者看到外籍人買醉

贈送了一碟起士

投桃報李又點了一些飲品

一杯濃縮讓自己醒醒酒

好去對巴賽隆納作最後一瞥

61.Breve descanso en un pub

En la noche de la despedida,

pedazos de amor.

Bebamos algo para ahogar las penas,

bajo la elegante luz de la luna.

El bar está bañado de una atmósfera de éxtasis.

Tal vez mañana, en un lugar muy lejano

nos volvamos a encontrar.

Fuera, la sombra de la luna empieza a cambiar.

El camarero ha visto al extranjero beber de más,

y me regala un platito de queso.

En un intercambio de regalos, pido algo de beber.

Un café expreso que me despierte,

y me ayude a echar un último vistazo a Barcelona.

61. Taking a break in a foreign tavern

Evening is passing
and emotions well up
I drink to drown the melancholy roiling up in me
Under the radiant moon,
the bar is enveloped in a certain atmosphere
indicating perhaps, tomorrow, or another world?
Truly this is Nowhere
Outside, shadows cast by the moon shift
The attendant looks on at the drunk foreign patrons
and passes round some antipasto
They return the favor by ordering more to drink
Something strong to get that golden mellow feeling
just before bidding goodbye to Barcelona

LESSON
62 賽維爾、夜的一瞥

賽維爾的巷弄是古典而迷人
彷彿活在幾世紀之前
橘子樹是最美好的點綴
黃橙橙的果實是一盞盞的掛燈
向晚時刻坐在廣場上
路燈照耀下喝一杯紅酒
透過琥珀色液汁的攪動
一樹樹的色彩變幻得十分迷離
讓人想要有一個放縱的夢
請小酒舘的主人
幫忙僱了一台馬車
幻想自己是中世紀的爵士

出席一場佛拉明哥舞的邀約
雖沒有盛裝
但心情是嚴肅的
清脆的馬鈴襯著達達的蹄聲
像敲在心坎上的籟
馬蹄踏著石板路上的迴響
是一組誘人的曲
已然沉醉在天然的音波裡
不再甦醒

孫吳也西遊記
——西班牙詩抄一百首

62.Una ojeada a la noche sevillana

Los callejones de Sevilla son antiguos y fascinantes,

como si vivieras muchos siglos atrás.

Los naranjos son los adornos más bellos,

naranjas amarillas cual lámparas colgantes.

Cuando llega la noche me siento en la plaza,

y bajo la luz de la farola tomo una copa de vino tinto.

A través de la mezcla de colores de mi copa,

los árboles se difuminan.

Me entran ganas de ponerme a soñar.

Pido al dueño del bar,

que me ayude a pedir un carruaje.

Me veo a mí mismo como un caballero medieval,

que acude invitado a un baile flamenco.

Aunque no llevo traje,

mi disposición es seria.

El tintineo de la campana choca con el sonido de los cascos del caballo,

como si fuera una música en el corazón.

El eco de las piedras contra los cascos

es una bonita sinfonía.

Borracho en las ondas sonoras,

ya no vuelvo a despertarme.

62. A nighttime glimpse of Seville

Seville's byways, ancient and alluring
Entering them, one experiences a different century
The orange trees steal the show
In sunlike hues the fruits are hanging lights
As evening approaches, I sit in the square
Under the streetlamps, a glass of wine
Stirring the amber liquid
a radiance of colors blends and sways
inspiring one to indulge in dreaming
I ask the owner to look after my bicycle
as I become a knight in the Middle Ages
at a grand Flamenco dance
While I'm not dressed for the occasion
I fall into a reverie
The clipped sound of bells contrasts with that of hooves
and plays my heart like a flute
The echo of hooves on cobblestones
is an alluring melody
Intoxicated by the sound
I lose myself

孫吳也西遊記
——西班牙詩抄一百首

帶了不少禦寒的衣物

到了馬德里、賽維爾、格拉納達及巴賽隆納都用不上

也可能我較怕熱、一件皮茄克、一條圍巾就夠了

手套及皮帽、大衣都放在旅行箱

縱然北風吹

住宿地方、計程車及餐廳都有暖氣

更不用說大部分商店也都是有此設備

有陽光時室外溫度約十四五度

晨間傍晚雖降了溫

但廣場上的咖啡座也有爐火取暖

彷彿有點失落的詫異

這種遺憾卻在剛下飛機後的台北

得到了奇妙的補償

終於讓某些禦寒衣物有了用舞之地

人世間的變化真是無常

同樣的北風吹

卻有不同的感受

原有的預期常因突如其來的時空轉換

而導致不同的遭遇

63. Sopla viento del norte

Traje abundante ropa para protegerme del frío,

pero ni en Madrid, Sevilla, Granada o Barcelona la utilicé.

Puede que sea porque no soy muy friolero.

Con una chaqueta de cuero y una bufanda me hubiera bastado.

Los guantes, el gorro y el abrigo están en la maleta.

A pesar de que sopla el viento del norte,

el alojamiento, los taxis y restaurantes tienen calefacción,

así como la mayoría de las tiendas.

Cuando hace sol, la temperatura exterior es de 14 grados.

En la mañana y en la noche la temperatura baja,

pero en las cafeterías de la plaza también hay calefacción.

Mi arrepentimiento desapareció al regresar a Taipei, cuando bajé del avión

tuve una maravillosa recompensa.

Finalmente, algunas prendas de abrigo tuvieron la ocasión de exhibirse.

Los cambios del mundo son realmente inconstantes.

Sopla el mismo viento del norte,

pero nuestros sentimientos son diferentes.

Nuestras expectativas varían con frecuencia, debido a cambios repentinos.

Y eso nos lleva a diferentes encuentros.

孫吳也西遊記
——西班牙詩抄一百首

63. Boreas arrives

I've packed heavy winter clothes

that I won't need in Madrid, Seville, Granada, or Barcelona

The heat gets to me,

so a leather jacket and a scarf will suffice

Hat, gloves, overcoat—in my suitcase you will stay

Even if Boreas should come

my lodgings, the taxis, and the restaurants are heated

Most stores are well equipped as well

Outside in the sun, it's 14, 15 degrees

At daybreak and sunset it's cooler, that's true

But coffeehouses have thoughtfully put out braziers

and it feels like I'm cheating somehow

But I am compensated for my disappointment when I reach Taipei

where I find a place for a dalliance with my winter clothing

The world of man is one of unbroken metamorphosis

It's the same North Wind blowing

but it feels so very different

And so what we experience differs from what we expect

thanks to the diktats of fickle fate

走在路上
特別在巴賽隆納
無論沿途店家或廣場上
都是每三五步就有咖啡販賣點
咖啡香自然是這個都市市香
沉醉如此的氛圍中
心情自是平和許多
一杯咖啡
一份夾著起士、生火腿的三明治就能很滿足的生活著

64. La jungla urbana con aroma de café

Caminando por la calle,

sobre todo en Barcelona,

en las tiendas o en las plazas,

cada tres o cinco pasos puedes encontrar un lugar para tomar café.

Por eso esta ciudad tiene aroma de café.

Una atmósfera así,

hace que uno se serene.

Con una taza de café,

y un sándwich de jamón y queso,

se puede vivir con satisfacción.

64. *The smell of coffee in the urban jungle*

The streetsides and plazas of Spain

particularly Barcelona

are teeming with coffeehouses

The scent of coffee, then, is the aroma of the city

This inebriating atmosphere

calms me

A cup of coffee

and a ham and cheese sandwich

and I am complete

賽維爾是拉丁與阿拉伯文化的孿生體

恰若泥中重塑的互有

乘坐馬車

在鈴聲與馬蹄聲交響下

去拜訪摩爾帝國的精華

不知滿城的橘子樹是否是是他們的遺澤

但卻有一則笑話傳說

摩爾人被擊敗後

新統治當局者答應的某項承諾失信了

伊斯蘭教徒敢怒不敢言

用腳踏地表示不滿

久而久之成為了佛拉明哥舞的原始的起源

為了尋幽攬勝

去一窺西班牙的國舞

遂成必訪之事

有一份自我的感觸

佛拉明哥舞伴著的唱腔與日本能劇有些類似之處

原先對時局的不滿漸漸轉為對愛情的傾訴

舞者臉部的悲凄令人心碎

藉著舞蹈的旋律踏出對人間的感受

65. Escucha la canción morisca

Sevilla fusiona las culturas latina y árabe,

como moldeadas la una con la otra.

Me subo en un carruaje,

y con el sonido de las campanillas y de los cascos

visito la esencia del imperio moro.

No sé si los naranjos que llenan la ciudad son la herencia que dejaron,

pero sé que existe una leyenda graciosa

cuando los moros fueron derrotados.

Las autoridades decretaron

que cuando los islamistas no pudieran quejarse

usaran los pies para mostrar su descontento.

Con el tiempo, esto se convirtió en el origen del flamenco.

Para encontrar lo que place a los sentidos,

echa un vistazo al baile español.

Es algo que poco a poco se convierte en una necesidad,

y en parte tiene un sentido de identidad.

El cante jondo que acompaña al bailaor es algo similar a la ópera japonesa.

La insatisfacción se va convirtiendo en amor,

y la desgarradora tristeza del bailarín llega al público a través del baile.

65. Song of the Moors

Seville is the twinning of the Latin with the Arabian

Here the two are joined and cast anew

I take a horse-drawn carriage

Amid the clanging of bells and clattering of hooves

I am bound for a Moorish treasure

Are these orange trees an inheritance left by the Moors?

I once heard a whimsical anecdote

After the Moors were defeated

the new government reneged on some promises

The Muslims were enraged, but fearful of acting on their anger

they simply stamped their feet in disapproval

Their treadings were the birthpangs of Flamenco dance

To catch a glimpse of immortal beauty

and to satisfy something of a duty

I take in a showing of this traditional dance

After, I feel Flamenco songs share a common thread with Japanese Noh

as both turned from political beginnings to speak instead on love

The dancers' faces betray a heartrending sorrow

even as their feet tap out their feelings on being stuck in this world

孫吳也西遊記
——西班牙詩抄一百首

向晚時刻

夕陽迤麗著璀璨的豔

小丘陵的山林叢裡

阿爾罕布拉宮的阿拉伯窗櫺中向下望

格拉納達市鎮幾乎盡在鳥瞰中

整個山城像夕陽中的少女

揚溢著莫可名狀的誘惑

雖然皇宮中沒有許多回教文物

但歷史建築卻是不可多得的瑰寶

古人的智慧結晶

是後來者要費煞苦心追趕的

夕陽、原野、古殿、有心人在天涯

踏在石頭建造的街道上

向小巷深處漫浮

廣場上的橘林

樹樹結實纍纍

美麗幽雅迷人的吸引

讓人不忍道別

格拉納達

66. El palacio de la Alhambra bañado por la puesta de sol

Va avanzando la tarde,

y va cayendo el sol con sus preciosos colores

sobre la colina.

A través de las ventanas de la Alhambra se vislumbra Granada casi a vista de

pájaro.

Toda la ciudad es como una joven en una puesta de sol,

cuyo atractivo indescriptible se desborda.

No hay muchos recuerdos islámicos en el palacio real,

pero el edificio es un tesoro único,

herencia de una sabiduría antigua,

que hace que los que vengan después tengan que apresurarse para ponerse al

día.

El atardecer, el campo, el palacio y una persona pensativa en el extremo del

mundo.

Caminando por las calles de piedra

de la profundidad de un callejón parece llegar

el olor de los naranjos en la plaza.

Las ramas cargadas de frutos,

hermosos, gustosos y encantadores

hacen que sea difícil decir adiós

a Granada.

66. Bathed in light at the Alhambra

As evening settles in

the setting sun trails colorfully into the night

Nestled on a forested hill

the Alhambra's window-eyes look down on Granada

as might a bird

The hillside city appears a daughter of the setting sun

becoming ineffably alluring

While the fortress contains few Islamic artifacts

the historic building is itself precious

The crystallized wisdom of our forefathers

is something we who come later must strive to reach

This faraway place, with its sunsets, open country, ancient structures, and

thinking men...

On cobblestone streets

or down long alleyways, I ramble

The orange trees fat with fruit by the plaza

They draw one in

and make it hard to bid farewell

to Granada

沒有到巴賽隆納的海邊去看看

有些許遺憾

回來後一直尋思

為何錯失這一趟浪漫的追尋

幻想在巴賽隆納的小酒館買醉

然後跟水手們去巡港一遊

或者到海灘上去獵豔

噢!這時節西班牙還是冬寒季節

巴賽隆納雖然溫度較高一些

而且陽光燦爛

但還不到玩水季節

是有些扼腕

不過旅遊隨興就好

回到辦公室看到臨窗美景

海上舟行如織

有點說不出的惘然

67. Mirando como parten los barcos

Si no vas a ver la costa en Barcelona,

tendrás algo de qué arrepentirte.

Lo he estado pensando desde que volví.

¿Por qué perderse esa búsqueda romántica?

Sueño que me emborracho en un bar en Barcelona

y me voy de crucero con los marineros,

o voy a la playa a ver chicas bonitas.

Cuando en el resto de España todavía hace un frío de invierno,

Barcelona es siempre un poco más cálido.

Además brilla el sol.

Sin embargo aún no es época de nadar,

algunos se han ahogado,

pero viajar está muy bien

Regreso a la oficina y miro el hermoso paisaje,

Los barcos en el mar parecen un tapiz,

y transmiten una frustración que no se puede expresar.

67. Watching ships at sea

It was a mistake to have missed

the coast near Barcelona

Home now, I return constantly to this theme

Why did I miss a chance for such a romantic endeavor

I fantasize first having gotten tipsy at a local bar

then having sailors take me around the harbor

or to the beach to watch the beauties there

But no! It was then the Spanish winter

Barcelona was warm, it's true

and the sun dazzled so

but it wasn't beachgoers' season

And so I can but wring my hands

After all, shouldn't travel be carefree?

Looking out my office window

from where I can see the boats weave to and fro

I feel frustrated...

孫吳也西遊記
——西班牙詩抄一百首

接近上帝的殿堂在蔚藍的地中海型的空域中
伸展出它巍峨的壯觀
透過彩繪玻璃的照射
把西班牙巴賽隆納璀璨的陽光引進堂內
增加了天人合一的融洽
高迪的天分給了聖家堂另一份俏麗與壯嚴
尚在創作的藝術結晶將在二十一世紀的30年代峻工
屆時的呈現必定是空前的建築瑰寶
且不論建築藝術的奪目光彩
置身在宛如神蹟般的內堂
彷彿是上帝最接近人間的所在
在這裡自然而然得到了心靈的安祥

68. La iglesia de la Sagrada Familia

Cerca del templo de Dios, en el cielo azul del mediterráneo,

se alzan sus magníficas torres.

A través de las vidrieras de colores,

entra a la iglesia el brillante sol de Barcelona.

Aumenta la armonía entre el hombre y la naturaleza.

El talento de Gaudí dotó a la Sagrada Familia de belleza y severidad.

La obra de arte que se está creando se completará en la década de 2030.

Entonces lucirá como un tesoro arquitectónico sin precedentes.

Hay algo del glamour de la arquitectura

en el interior del templo que parece milagroso,

como si Dios estuviera más cerca de la tierra.

y uno se inundara de paz interior.

68. At Sagrada Familia

God's temple rises into the sky above the azure Mediterranean
stretching into grandiloquent magnificence
Becolored by stained glass, Barcelona's dazzling sunlight fills the sanctuary
and in so doing, joins heaven to earth
Gaudi's genius instilled here both beauty and grandeur
This piece of stellar artistry set to be finished in the 2030s
will be an architectural triumph without peer
As architecture, it dazzles
but more, the miraculous interior
seems as if it were that spot where God is closest to man
This is truly a place of solace

太陽廣場上的人潮洶湧
大部分是遊客
如織的人潮
讓我失去了方向感
旭光初透的當兒
吃一頓從台北到馬德里慰勞自己旅途辛苦的早餐
不算為過吧
早就鎖定班牙油條配巧克力奶
同行者的網路功課不差
很快在烏石鋪道的巷弄內
找到傳統西班牙油條配巧克力奶
大的像台北的油條

小的較脆像不捲的麻花
配上著咖啡、茶別有一番風味
拉丁傳統在廣場上開始賣弄了風騷
有人聞歌起舞
一派歡樂的氣氛
馬德里作為西班牙的首府是無愧的

69. Un vistazo a Madrid

La multitud bulle en la Puerta del Sol,

la mayoría son turistas.

Se mueven como un tapiz

que me hace perder la orientación.

El sol naciente está brillando.

Tomo algo que me traje para consolarme por el cansancio del viaje de Taipei

a Madrid.

¡No es exageración!

Decidido a comer churros con chocolate españoles,

mi compañero de viaje ha buscado en internet y

pronto hemos llegado a un callejón empedrado.

Una repostería española tradicional con churros con chocolate,

los grandes son como la masa frita de Taipei

los más pequeños son como rollitos de Mahua

si se toman con café o té tienen un sabor especial.

Las tradiciones latinas empiezan a exhibirse en la plaza,

se oye una canción y alguien comienza a bailar.

Un ambiente muy alegre.

Madrid es sin duda la capital de España.

69. *A glimpse of Madrid*

Puerta del Sol is crowded
with mostly tourists
They look like a woven tapestry
and I lose all sense of direction
As the dawn light seeps in
I breakfast, a reward for an arduous journey from Taipei to Madrid
Do you think that ridiculous?
I decided on churros with chocolate milk
My traveling companion did some research online
and found a place in a stony alley
that serves large churros the size of Taipei's fried dough sticks
and small, crispy ones like our fried plaited dough
With coffee—or tea for a change—
alongside the plaza
one begins to experience the ostentatious side of Latin traditions
People sing and dance
it's carnivalesque
Madrid should have no qualms about being the capital city

孫吳也西遊記
——西班牙詩抄一百首

70 格拉納達的山城歲月

靜雅的山城風光

無憂無慮的生活

鎖住了這般香格里拉的歡樂

策杖行走在石板路上

蜿蜒曲折的街道

行進有點累

但柳暗花明的景色令人驚豔

山間的小廣場間雜著果實纍纍的橘樹

一些隨意擺放的咖啡座

中央的小舞台有表演者歌舞頻頻

時光在這裡幽靜的流過

現代版的世外桃源

歲月匆匆、不知有魏晉

告別時刻

驀然覺得南柯一夢

70. Los años de la ciudad de Granada

Serena y elegante ciudad en la colina,

que lleva a una vida despreocupada y

que contiene un júbilo como de Shangri-la.

Camino con el bastón sobre el empedrado pavimento de las calles sinuosas.

Estoy un poco cansado del viaje,

pero la belleza de algo me sorprende.

Son los naranjos cargados en medio de la plaza.

Por todas partes hay puestos de café

y unos artistas bailan en el pequeño escenario central.

Aquí el tiempo fluye en silencio,

un paraíso en versión moderna.

El tiempo corre y no sé si es la dinastía Wei o Jin.

En el momento de la despedida

sueños de grandeza parecen despertar.

70. Among Granada's mountains

The quiet elegance of this hillside city
and the carefree lives people here lead
make for a Shangrila-like elation
With a cane as companion, I make my way down
twisting cobblestone streets
It's tiring
but the sights are worth the effort
Circumscribing the hillside plazas are
heavily laden orange trees
and coffee tables, haphazardly
Performers sing on a dais in the plaza
Time passes quietly here
A modern Elysium
It's unclear when I am; is it the Wei or Jin Dynasty?
As I leave time
dreams of grandeur well up inside

挺立在往格拉納達路旁的山頂上

孤傲著向天

環視山下坡地上的橄欖樹

它有謙卑及自傲的雙重個性

自覺出類拔萃

偉岸挺立

望之如天生貴氣的英雄

無人能望其背項

縱日曬月照、風侵霜染

恁歲月多重的考驗

依然挺立不屈

但只是一種被塑造、被感覺的圖騰而已

實際對天地間的貢獻

不若一株橄欖樹有用

孫吳也西遊記
——西班牙詩抄一百首

71. El árbol orgulloso

En la cima de la carretera a Granada,

alzándose orgulloso hacia el cielo

y mirando a los olivos de las laderas de abajo,

hay un árbol humilde y a la vez orgulloso.

Consciente de su estatura,

imponente y erguido,

mirando como un héroe valiente

a quien nadie puede vencer.

Expuesto al sol y erosionado por el viento,

¡por cuántas pruebas ha pasado!

y sigue en pie alto e inflexible

Pero es sólo un tótem que se forma y se siente

y cuya contribución al mundo

no se puede comparar con la de los olivos.

71. A boastful tree

On a hilltop bestriding Granada

a tree reaches lustily toward heaven

Looking down on the olive trees dotting the hillside

The tree is at once boastful and meek

Conscious of its stature

Imposing and erect

Looking outward like a valorous hero

whom none can best

Sun and moon, wind and frost

through an incredible test of years upon years

and still standing, unmoved

But of course this is but a figment of imagination; a feeling

when its contribution to the world

cannot compare to that of the olive trees below

孫吳也西遊記
——西班牙詩抄一百首

72 巴賽隆納都城巡禮

慢慢走過

靜靜觀看

美麗都城在薄霧濃煙裡不動

我卻被歷史的，藝術的，文化的景像挑動了心靈的憾動

每一個彫像，每一座噴泉，每一幢建築都涵詠文明的洗禮

感動之餘

連街道上的任何擺飾都珍惜起來

巴賽隆納每一個居停

都是值得推敲

可能是歷史的瑰寶

多到令人目不暇給

可愛的巴賽隆納

讓我更珍惜生命

好有更多的時光投入它的懷抱

72. Barcelona ciudad de peregrinaje

Camino lentamente,

contemplando en silencio.

La hermosa ciudad que se detiene en la niebla,

pero mi corazón se conmueve con cada escena histórica, artística y cultural.

Cada estatua, cada fuente, cada edificio contiene el bautismo de la civilización.

Esto me emociona.

toda decoración de la calle es digna de apreciar,

Cada residencia en Barcelona

merece consideración,

puede que sea un tesoro de la historia.

Es abrumador.

¡Encantadora Barcelona!

Me hace apreciar más la vida.

Todavía tengo mucho tiempo para caer rendido a tus pies.

72. On pilgrimage to Barcelona

Treading softly
watching closely
the beauteous city stock-still under a light covering of fog
yet my heart pounds, quickened by the history, the art, the culture here
Every statue, every fountain, every structure pregnant with the centuries
These move me, yes
but so does every precious adornment along the streets and byways
Every residence in Barcelona
is worth considering
as it may be a historic treasure
There are so many here the eye cannot take them all in
Adorable Barcelona!
You have made me feel life worth the living
that I might spend more times enwrapped in you

孫吳也西遊記
——西班牙詩抄一百首

賽維爾的餐廳供應拉丁民族與摩爾人融合的食品

對東方人來說是很好的味覺嘗試

同樣這裡的文化也是並存的

只是對外國人而言

是一種新的品味

動人心弦的佛拉明哥舞

伊斯蘭食物的囊餅

居停建築的門飾

馬蹄穿過小巷迎面而來達達聲

回教宮庭的特色

如橘子般的橙黃

這個夢幻般的小城

值得在夢裡想它千百回

73. Buscando paz en Sevilla

Los restaurantes en Sevilla fusionan platos latinos con platos moriscos,

una experiencia culinaria fascinante para un oriental.

Lo mismo pasa con la cultura que pervive

es un sabor nuevo

para los extranjeros.

El evocador baile flamenco,

el pan de la cocina islámica,

la ornamentación de las casas,

los caballos que trotan por el callejón,

las maravillosas mezquitas,

las farolas colgando como naranjas

Es una ciudad fantástica

que vale la pena soñarla mil veces.

73. Seeking serenity in Seville

Restaurants in Seville serve a fusion of Latin and Moorish dishes

It's an unforgettable gustatory experience for an Oriental

Culture here is also amalgamated

For foreigners

it's a new flavor

The Muslim flatbread

The ornate entryways to each home

The clip-clopping of hooves down lanes and alleys

The marvelous mosques

The streetlamps, like oranges

This enchanting city

is a fantasy worth redreaming

漫步走在巴賽隆納的市集上

無論日夜

都是浪漫的享受

也得到最愜意的購買樂趣

類似台灣的夜市

但上午就擺攤營業了

各式各樣的記念品、服裝、小雜貨、日用品、擺飾、和各式食品及廣

場上的咖啡吧

走累了

點一杯咖啡或一瓶氣泡水

看芸芸眾生在市塵上奔走

人生的旅程不也是如此

暫時丟掉物質上的慾望

尋求些許心靈的冥想

忘情想把煙斗拿出來

才想到已經戒煙了

但我還是愛巴賽隆納

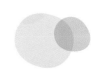

我愛
Barcelona

74. Enamorado de Barcelona

Paseando por los puestos de mercado en Barcelona

tanto de día como de noche

todo es una romántica diversión

y he encontrado la forma de comprar que más me agrada,

como en los mercados nocturnos en Taiwán,

pero aquí abren por la mañana.

Aquí uno encuentra todo tipo de souvenirs, ropa, aperitivos, artículos de uso

diario, objetos de decoración.

Cansado de caminar,

pido una taza de café o una botella de agua con gas

contemplo a las personas que pasan corriendo sobre el polvo de la ciudad.

El viaje de la vida es así,

desprendiéndome por un tiempo de los deseos materiales,

busco un pensamiento espiritual.

Querría haber sacado mi pipa

y me acabo de dar cuenta de que ya lo dejé

pero aun así amo Barcelona.

74. In love with Barcelona

A Barcelona street market
day or night
is equally romantic
and an equally satisfying shopping adventure
It's a bit like Taiwan's night markets
except, here, stalls open in the morning
Here one can find souvenirs, clothing, sundry goods, daily items, jewelry,
food and, of course, coffee
Walking has tired me
So I order a coffee or sparkling water
and watch the crowds rush by
Life is a lot like this
Casting aside material desires for a time
I seek meditative solace for my soul
Forgetting myself, I go to pull out my pipe
and recall, belatedly, that I have quit
But, still, I love Barcelona

從醫院後來成為教堂的聖保羅

是一個意外的發現

原本因口渴加便急

遂找到一家咖啡餐室

1902的名稱吸引我

點了一杯飲料

陰錯陽差的成為進入聖保羅的契機

瑰麗秀美的建築物

在橘子樹的點綴中

讓人進入一個神奇的國度

下午時分

西邊的陽光照耀下

整個教堂內外彷彿籠罩在奇異的光采中

一個意外的發現

領略到生命中神祕的光

原來一些美妙的事物

常在料想不到的遭遇中

適逢其會了

孫吳也西遊記
——西班牙詩抄一百首

75. Peregrinaje a San Pau

Por accidente descubrí San Pau, que era un hospital y ahora es una iglesia.

Fue un descubrimiento inesperado.

Iba deprisa porque tenía sed y necesitaba ir al servicio,

Encontré una cafetería que me llamó la atención,

1902 se llamaba.

Pedí algo de beber.

Una extraña combinación de circunstancias me dio la oportunidad de entrar

en San Pau,

un complejo maravilloso,

adornado con naranjos.

Una visita a un país encantado.

Era ya por la tarde

y el sol brillaba en el oeste.

Toda la iglesia parecía estar envuelta en una luz extraña.

Un placer inesperado

que me hace apreciar la luz interior de nuestra vida.

Resulta que las cosas más hermosas,

se encuentran muchas veces por casualidad.

Es lo que acaba de suceder.

75. A pilgrim to San Pau

San Pau, once a hospital, now a church
was an accidental discovery
I was thirsty, and needed a restroom
so I stopped in a coffeehouse
going by the name 1902
The moniker intrigued me, and I ordered a drink
A strange series of events thus led me to San Pau
A magnificent complex
adorned with orange trees
This was a visit to an amazing land
It was afternoon
and illumined by the western sun
the building's viscera were bathed in light
Truly an unexpected discovery
that gave me a better idea of our internal light
Some fantastical happenings
and a bit of the ordinary, serendipitously
put me in the right place at the right time

米羅的小鳥、女人、及星星以有限的線條元素
構畫出幻想、童趣及無邪的世界
米羅在歐洲之窗的大自然裡孕育了他繪畫的天分
巴賽隆納美麗、自由、放縱的氛圍讓他在藝術的天空中大放異采
不讓畢加索、達利專美於前
在無意識及非邏輯的衝激下
展露出他的自我心靈世界
踏過市集石板上他的簽名
感受到無窮的創造力
米羅與巴賽隆納是不可分的
美麗與永恆的存在

76. Fundación Miró

Con líneas muy simples de pájaros, mujeres o estrellas,

Miró construye un mundo de fantasía, infancia e inocencia.

La belleza natural europea cultivó su talento pictórico.

La atmósfera bella, libre y relajada de Barcelona le permitió brillar en el cielo del arte,

sin dejar que el prestigio de Picasso o Dalí

influenciara su inconsciente o su lógica

y revelando su mundo interior.

Viendo su firma en la pared del mercado,

siento su creatividad infinita.

Miró y Barcelona son inseparables

son como la belleza y la eternidad.

76. On Joan Miró

Miro's birds, women, and stars spring from an effusion of lines
Here play together imagination, childlikeness, and a world innocent
Europe's natural wonders cultivated his genius for painting
Madrid's beauty and freedom cultivated his artistic genius
which prevented Picasso and Dali from enjoying all the limelight
The unconscious and illogical in his work
reveal the state of Miro's soul
Seeing his signature in the concrete
I feel the mantle of his creativity descend
Miro and Barcelona are inseparable twins
Beauty and immortality conjoined

告別橘城

不捨幽雅寧靜的賽維爾

搭上火車向格拉那達繼續攬勝

火車駛過原野

兩旁都是橄欖田

一望無際的青翠綠野

偶而看到西班牙式的小村集

也看到小型的煉油廠

美麗的田野

是夢寐中的農莊生涯

想來住在傳統的西式莊園中退隱

是一種世外桃源的奢望

延著蜿蜒的小路望去

有炊煙昇起

好一幅農家樂的景像

坐在火車座上

看著田野如飛駛過

終於讓心靈有了一份憧憬

孫吳也西遊記
——西班牙詩抄一百首

77. Mirando los campos de olivos

Me despido de la ciudad de las naranjas,

triste por dejar la elegante y tranquila Sevilla.

Subo al tren y me dirijo a Granada.

El ferrocarril cruza los campos.

A ambos lados se ven cultivos de olivos,

interminables campos verdes.

De vez en cuando un grupo de casas

y algunas almazaras,

un campo hermoso.

Mi sueño sería retirarme a vivir en una casa rústica,

Es una esperanza vana del paraíso.

Mirando el carril sinuoso por el que avanza el tren,

se levanta el humo en una bella y bucólica escena.

Sentado en el tren,

veo los campos que pasan como si volaran

algo que mi corazón anhela.

77. Fields of olives everywhere

Bidding farewell to the city of oranges
I am unwilling to depart from tranquil Seville
The scenery continues beautiful unabated to Granada
As the train passes through fields
olive trees grow on both sides
broken only by clusters of houses here and there
and a refinery
These are as the fields of dreams
I should like to retreat here, to a traditional Spanish farmhouse
But this is but a longing for Elysium
My eye follows the winding lane
chimney smoke rises in a beautiful bucolic scene
Trainbound, the fields rush by
finally, something for my heart to look forward to

孫吳也西遊記
——西班牙詩抄一百首

不愧是歐洲之窗

巴賽隆納的Lasarte餐廳是當地唯一被評為米其林三星的

由於西班牙冬旅的規劃人規劃周全

在好幾、好幾個月之前就訂好了這家餐廳

非常難得、根據巴城當地的友人稱:她在三個月之前也沒有機緣訂到

所以興奮是難免的

不過付錢苦主是誰就撲朔迷離了

想一想我是此行最年長者

加以此次旅行受大家的容忍及照顧

避免爭議付款問題鬧到臉紅

我就忍痛承担了⋯⋯

菜單如何我就不贅述了

服務態務則有點繁文縟節了

不過菜的滋味之信價比可以用

蘇東坡被友人請吃河豚後講得

一句話差可以比擬

值得一死

雖然由我來付錢是有些肉痛

但是值得一痛

不去說菜品如何如何

光供應的麵包就是

我此生吃過最佳的

78. Apuntando las estrellas

Vale la pena abrir una ventana a Europa.

El Lasarte en Barcelona es el único restaurante local galardonado con tres estrellas Michelin.

Los que organizaron el viaje de invierno por España, lo reservaron hace mucho tiempo.

Una oportunidad única.

Una amiga de Barcelona dice que ella no ha podido reservarlo ni con tres meses de anticipación.

Por eso la emoción es inevitable.

Pero quién paga la cuenta es un misterio.

Yo soy el mayor del grupo.

Además, todos me consienten y me cuidan durante el viaje.

Para evitar las disputas embarazosas sobre el pago,

lo acepto en contra de mi voluntad...

pero no daré detalles sobre el menú.

El servicio es demasiado sobrecargado,

pero la comida, bueno……..

Como dijo Su dongpo después de ser invitado a comer un pez globo

"este es un plato por el que vale la pena morir", es ingenioso.

Me duele interiormente tener que pagar la cuenta,

aunque vale la pena ese dolor.

No comentaré sobre los platos,

sólo diré que incluso el pan de acompañamiento

es lo mejor que he comido.

78. *Plucking stars*

Window on Europe is no misnomer

Lasarte, Barcelona's only three Michelin star restaurant

was designed for the winter traveler

I reserved a table months and months ago...

I feel lucky; a local friend told me she tried to book three months in advance

and failed

So being excited is, perhaps, unavoidable

But how to solve the riddle of who pays?

I'm the oldest of the group...

and everyone's been so kind and caring on the trip...

and, well, to avoid an awkward fight

I accept the pain of paying

As to the menu, I will say nothing

The service...it was a bit overdone

but the food, well...

As Su Dongpo said once after a meal of pufferfish,

"This was a dish worth dying for"

It physically pained me to pay the bill

but it was a meal

worth suffering for

I won't comment on the food

save to say that even the complimentary bread

was the best I've ever had

曼薩萊斯河靜靜流過翠綠的林子

座落在河左岸的馬德里皇宮

巍峨的建築在旭日照耀下

壯麗的宮影迤邐著一片璀璨

與凡爾賽宮及維也那皇宮齊名的西班牙宮殿

仍是正式國事舉行時的辦公所在

雖然胡安、卡洛斯一世不居住在此間

我們可以想像宮宴時的衣香鬢影

冠蓋雲集的盛況

從皇宮內部的擺飾、富麗堂皇的傢俱及各類王室用品

更可以想像宴會的豪華

各式美食、特別是皇家御用的酒坊更是供應了路易斯斐利貝白蘭地酒

酒香便是盛宴中的特色

就讓我們也一起沉醉在如此的氛圍裡

79. Ebrio en el banquete real

El río Manzanares fluye tranquilamente a través de los árboles verdes.

En el margen izquierdo del río está el Palacio Real de Madrid.

La impresionante construcción relumbra con el sol de la mañana,

y las sombras del espléndido edificio parecen brillar.

Este palacio español a la altura de Versalles y el Palacio Real de Viena,

sigue siendo la sede de los asuntos de Estado.

Aunque Juan Carlos I no vive aquí.

Me puedo imaginar las fragancias y vestidos de los banquetes,

eventos espectaculares con todos los dignatarios.

En el interior, los magníficos muebles y los objetos reales,

me llevan a imaginar más el lujoso banquete,

donde ofrecen una amplia variedad de delicias, especialmente de vinos reales,

entre ellos el brandy Luis Felipe.

El aroma del vino que es típico de fiesta.

¡Vamos a embriagarnos de esta espléndida visión!

79. Intoxicated by the Royal Palace

The Rio Manzanares flows through verdural splendor

The Royal Palace of Madrid bestrides the riverbank,

shimmering loftily in the glow of the morning sun

The resplendent image of this majestic tower

This Spanish palace, the equal of those at Versailles or Vienna

is still used for formal state functions

While Juan Carlos does not live here

we can imagine the splendor that must be inside

The interior decorations, the furniture, and the royal knick-knacks

must be something to behold

And the food, and oh! the royal wine cellar well-stocked with Luis Felipe
brandy

and other potables that must be the highlight of every banquet

Ahh, let us lose ourselves in this splendid vision!

吃過米其林三星的餐飲後

開始要撙節過簡約的生活了

有些人對自己特好

但遇到要請客或費用公攤時

就會尋找理由推托

雖然有時的理由非常可笑

但不管如何

自己已掏出錢請客

就得承受

所以當大伙出去血併時

我的中餐就自己解決了

在西班牙快十天了

生活習慣有點入境隨俗了

午餐時刻也延後到午后二三點了

在居停的附近小廣場

一個清幽的食物吧

先來一杯黑咖啡

點一份綜合肉盤、有生火腿片、西式香腸、起士及馬玲薯沙拉

另外麵包配橄欖油

一份滿豐盛的午餐

看著廣場上有人在玩樂器

快樂的午後

快樂的心情

沒有壓力的氛圍

雖然已經戒煙幾十年

仍不自覺地想起煙斗

特別是餐後

特別是如此的情境裡

Después de haber comido en el tres estrellas Michelin,

voy a recortar gastos para vivir una vida más simple.

Algunas personas son generosas··· consigo mismas

pero cuando se trata de invitar o compartir gastos

Buscan excusas para escaparse,

a veces los motivos son ridículos.

Pero sea como sea,

mis bolsillos ya están vacíos,

por lo que me tengo que aguantar.

Por eso cuando todos salen a gastar

yo decido por mi cuenta qué almorzar.

Hace casi diez días que estoy en España,

y ya me he acostumbrado a la vida de aquí.

Retraso la hora del almuerzo a las dos o tres de la tarde,

y sentado en la pequeña plaza cerca del hotel,

hay un bar pequeño y tranquilo.

Empiezo pidiendo un café solo,

sigo con una tabla de carnes frías, lonchas de jamón, salchichas, queso y en-
saladilla rusa.

Pido pan con aceite de oliva.

Un almuerzo abundante.

Veo que alguien está tocando un instrumento en la plaza,

una tarde feliz.

Me siento satisfecho,

y en tal atmósfera relajada,

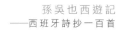

a pesar de que hace décadas que dejé de fumar

inconscientemente quiero encender un cigarro.

Sobre todo después de esta comida.

Sobre todo en un lugar como éste.

80. A lunch to rival a feast

Having dined at a Michelin three-star restaurant

I'm going to have to cut back and lead a simpler life

Some people are really good to themselves

but when they have to pick up the check or split the bill

they suddenly get chary

Sometimes they make the funniest excuses

But never mind

I paid the tab

and now I have to live with that

So when the others went shopping

I lunched by myself

I'd been in Spain for ten days

and I'd begun to get accustomed to life

where the lunch bell doesn't ring until two or three

So I find in a square near my residence

a quiet lunch counter

I start with a coffee, black

and some antipasto—jamon iberico, sausage, cheese, and potato salad

as well as bread with olive oil

A sumptuous repast

While on the square, the sound of instruments

Having so feasted

I am now sated

In such a relaxing environment

though I quit smoking over a decade ago

yet I unconsciously seek my pipe

after such a meal

and in such a place

孫吳也西遊記
——西班牙詩抄一百首

冬日裡難免會產生些許愁情

但踏上西班牙這個陽光之邦的土地後

高高的藍天下

穿梭在橄欖田裡

或葡萄園中

驀然覺得人彷彿重新復活了

如此的情境裡

替人間孕育了美景及美食

也催生了藝術創作的空間

高迪天才的瑰麗建築

畢加索、米羅及達利的繪畫作品

在在表達這片天地裡的藝術不朽

特別在巴賽隆納這個歐洲之窗

拜訪過四隻貓餐廳後

對能讓這麼多天才滙聚在一方空間裡

深深受到憾動

讓人不忍向西班牙道別

尤其是巴賽隆納

受到藝術之旅的洗禮後

開始對繪畫及建築作品開始探索

驀然在港都重溫了旅遊歸來後的餘韻

雷晉耶斯再度進入我的視野

85高齡老頑童畫家的作品中

讓我看到了畢加索的復活

81. Bañado en el sol de la villa de los artistas

Es normal que los días de invierno traigan su propia melancolía,

Pero en España, la tierra del sol,

bajo el cielo azul

y cruzando los campos de olivos

o los viñedos,

siento que revivo.

En este lugar,

inmerso en la belleza y en la buena comida

se abre un espacio para la creación artística.

Aquí nació la colorida arquitectura del genio de Gaudí,

la inspiración de Picasso, Miró y Dalí

que expresan un arte inmortal.

Aquí, en Barcelona- la ventana a Europa-

después de haber visitado "Els quatre gats"

y de haber visto el lugar donde se reunieron tantos genios, me siento profun-

damente conmovido.

Es difícil despedirse de España,

especialmente de Barcelona.

Después de mi bautismo de arte en este viaje

empiezo a profundizar en obras pictóricas y arquitectónicas.

De repente, al recordar las memorias del viaje,

y viendo las obras del pintor Juan Ripollés, de 85 años, me parece encon-

trarme delante de Picasso como si hubiera resucitado.

孫吳也西遊記
——西班牙詩抄一百首

81. Bathed in light in an artists' village

Winter days bring their own melancholy

But in Spain, the land of the sun

under azure skies

amidst olive gardens

and vintners' fields

I am revived

In such a place

immersed in such beauty and good food

a space for the artistic opens up

The genius Gaudi's rose-colored buildings

and the inspirations of Picasso, Miro, and Dali were here

Their works reflects the immortal artistic spirit here

Here, in Barcelona—the window onto Europe

after dining at the Four Cats

and seeing where so many geniuses once sat

a deep regret at parting with Spain

and Barcelona in particular

arises within

After my baptism in art

I start seeking paintings and works of architecture

and suddenly, the hunger my trip started with returns

And, who's this, but that old urchin of a painter

Juan Ripolles, whose works, at 85, seem like Picasso resurrected

黃昏、向晚時刻

坐在格拉納達某一個小餐廳裡守靜

不是自己嚴肅沒有笑容

是正在思考明日的行程

對這個小山城是有留戀的

蜿蜒的小巷弄彷彿憶起了童年時的台北

廣場上的表演者的狀況

更想起飄浮在歲月裡江湖賣唱者的音容

用（洪落阿仙（註））的語調訴說一段段的民間故事

周成過台灣和凹鼻藝妲是最常被援用的故事題材

在美麗的異國思想起故土的點滴

鄉愁也是滿引人悲涼的

今朝有酒今朝醉

莫待明日又天涯

註：洪落阿仙是說過去擺地攤賣藥走江湖的慣用的口條、原則上有些
　　像現在的叫賣。

82. Perdido en el pensamiento, mañana y el horizonte

El sol se pone y se hace tarde,

me siento en un restaurante granadino.

Mi seriedad no viene de haber meditado,

sino porque estoy pensando en el viaje de mañana.

Voy a echar de menos esta ciudad de la colina,

con sus serpenteantes callejones que me recuerdan al Taipei de mi infancia.

Las voces de los artistas en la plaza

me traen a la memoria los cantantes itinerantes de antiguo, quienes actuando

como vendedores ambulantes de medicinas, creaban historias populares.

Como Hong Luo A San con las historias "Sherng va a Taiwán" o "La concu-

bina de la nariz hundida".

Aquí, en tierra extranjera, me acuerdo de estas historias.

La nostalgia me corroe el alma.

Por eso, ¡disfruta mientras puedas

que mañana será otro día!

82. *Lost in thought; tomorrow, nowhere*

The sun sets; it's late
I sit silent in a Granada bistro
My solemnity comes not from brooding
but that I am deep in thought about tomorrow's pending journey
I will miss this mountain town
with its snaking alleys so much like the Taipei of my youth
And the performers on the square
dust off the voices of remembered itinerant players from long ago
They paint a folk story in a tune like that of a patent medicine peddler
Zhou Cheng Comes to Taiwan and The Woman with the Sunken Nose
were among the most quoted stories in Taiwan
Here, in a foreign land, I chew on these tales
Homesickness eats at the soul
And so, memento mori
And wait for the coming of tomorrow, or of nothing...

83 高迪的異想世界

可以說他叛經離道

也可認為他跟傳統的規範有很大一段差距

特別在建築設計的表現上

跟被奉為圭臬的哥德式建構是有分庭抗禮的區隔

然而高迪的特色是另類是視覺感受

細微的構思、特別對光影的運用達到了空前的效果

用色的大膽、慧心巧思的設計

創造了迥異的整體思考

從高迪五大著名建築物件中可以得窺一二

高迪與巴賽隆納是密不可分的

可以說他是這個城市之光

83. En la mente de Gaudí

Se podría decir que se desvió,

o creer que rompió las normas,

especialmente en el diseño arquitectónico.

Y sin embargo está a la altura de las veneradas construcciones góticas.

Gaudí se distingue por su sentido visual,

su pensamiento elaborado y su magistral dominio de la luz y la sombra,

crea un efecto sin precedentes.

Su inteligente y audaz selección de colores, dio a luz una nueva visión.

De los cinco edificios famosos de Gaudí se puede concluir que

Gaudí y Barcelona son inseparables

y se puede decir que él es la luz de esta ciudad.

孫吳也西遊記
——西班牙詩抄一百首

83. Gaudi's thoughts

You could say he went astray

You could say he broke all the rules

particularly in architecture

And yet his work rivals revered Gothic tradition

Gaudi's specialty was in creating a visual appeal

A fine mind, and with particular concern for the chiaroscuro effect

creates an effect without precedent

Bold colors and careful designs

birthed a new vision

Among his five major works, one can discern something:

Gaudi and Barcelona are inseparable

and he is the light of that city

今夕何夕

巴賽隆納城樓上的月有些別意

而我的眼中不得不有離情

西班牙吉他聲在熱情的韻味中也有些許蒼涼

今夕真的是何夕

別問明日天涯我在何方

舊夢瞬間盈懷

往事揮手不去

乘著酒意都入靈魂深處來時

咀嚼往事的悱惻

都來吧！

步月光鋪道的石板路

最好能隨著馬車一起來

能聽一聽馬鈴的清脆

敲醒我痴人說夢

孫吳也西遊記
——西班牙詩抄一百首

84. Noche de emoción y borrachera

Esta noche, ¡qué noche!

La luna sobre los edificios de Barcelona se ve diferente,

y mis ojos no pueden contener la emoción.

Entre el sonido cálido de las guitarras españolas suena alguna nota desolada.

Esta noche, ¡qué noche!

No preguntes dónde estaré mañana.

Viejos sueños de repente cobran vida,

pensando en el pasado.

Después de unas cuantas copas me adentro en las profundidades del alma,

rumiando las penas de lo que se ha ido

¡Venga!

Sobre las losas del sendero a la luz de la luna,

andando al ritmo del carruaje

oigo las campanas del caballo

que me despiertan del sueño.

84. Libations for the quietude

Tonight, what a night

The moon hanging above the Barcelona skyline seems different

and I can't help but feel a separating from that which I see

Spanish guitar carries with it desolation mixed with passion

Tonight, truly, what a night

Don't ask where I'll be tomorrow

I waft about among old dreams and visions

I wave but the past won't leave

After a few drinks, I sink into the depths of my own soul

and brood in sorrow on that which is gone

Come, then!

Over moonlight cobblestones

in the shadow of a horsedrawn carriage

The cleancropped sound of hooves

stirs me from my reverie

孫吳也西遊記
——西班牙詩抄一百首

85 巴賽隆納的街頭一角

鴿子狐疑地看著這群人

他們在幹什麼

來到歐洲之窗的可愛地

還要討論什麼

處處古蹟

處處典故

身處在這個歷史與藝術交融的都會

踩下去也許是見證往昔驚天動地事件的空間

噢！前面地上舖的石磚就有米羅的簽名

黃昏向夜時刻

夕陽與燈火互相爭豔

小酒館的浪漫

咖啡吧的自在

讓人可以領略到

巴賽隆納另類的迷人之處

85. Un rincón de Barcelona

Las palomas miran con recelo a la multitud,

¿qué están haciendo?

Esta adorable ventana a Europa,

¿qué más se puede decir?

Hay monumentos por todas partes,

lugares famosos por doquier.

En esta ciudad donde la historia y el arte se encuentran,

al pasear me encuentro en los sitios de acontecimientos históricos.

¡Oh! ¡Mira! Ese ladrillo lleva la firma de Miró.

Va avanzando el día.

El sol se pone y las farolas compiten entre ellas.

El romanticismo del hotel,

la comodidad de la cafetería,

hacen que la gente se percate

de que Barcelona tiene un encanto especial.

85. Barcelona streetcorner

The doves watch balefully

what the people are doing

This adorable window onto Europe

What more need be said?

Surrounded by the ancient

Surrounded by living art

Mired in this city built of history and art

My foot may be falling even now in a place of great historical moment

Oh look! Miro signed that brick over there

As the sun sets

The fiery orb's light contends for dominance with that thrown by lamps

The romance of the inn

The freedom of a coffee bar

In such places as these

One can sink into a daze over Barcelona

心靈流浪在西班牙歷史的祕境中

幻覺回到內戰的沙場上

彷彿看到海明威馳騁在野地裡

為他心目中的正義而戰

也感覺到唐頡訶德的國度裡

有率真的靈魂為自己的信仰奮鬥不已

如此美麗土地上

似乎精靈們正在茁壯

魔夜裡誰會揭竿而起

看彤雲燃燒

西方的天上

有戰馬奔騰

席捲所有草原，山巒

直到森林開始復活

火鳥再度重生

我的夢開始入眠

86. Producto de mi imaginación

Mi mente deambula por la historia secreta de la historia de España.

Sueño que vuelvo al campo de batalla de la guerra civil

como si viera a Hemingway galopando por los campos,

luchando por su noción de justicia.

También puedo ver en la tierra de Don Quijote,

un alma simple que luchaba por sus propias creencias.

¡Qué hermosa es esta tierra!

Como si las almas se congregaran,

en la oscuridad de la noche, ¿quién se van a rebelar?

Nubes rojas arden en llamas

en el cielo de Occidente,

cual caballos al galope,

trotando por praderas y montañas,

hasta el bosque, donde recobran su vida.

El pájaro de fuego vuelve a nacer

y mis sueños comienzan a quedarse dormidos.

86. Figments and illusions

My soul haunts the secret places of Iberian history

At once transported to civil war battlefields

I can see Hemingway galloping across the plains

fighting for his notion of justice

I can see the land of Don Quixote

and his selfless fight for what he believed in

Such a beautiful land this is!

It's as if spirits are congregating here

In the dark, dank night, who dares rise?

Red clouds burst into flame

The sky of the West

is filled with stampeding warhorses

They gallop over the plains and hills

into the forest, where they rejuvenate

The phoenix rises once again

and my dream fades as Hypnos steals in

原想去的西班牙傳統料理餐廳客滿

飢腸無法再等待二個小時

順著街道流浪吧

都找不到適當的地方

終於在轉角處有了收獲

找到足夠容納我們人數的位子

只是中東回教口味不供應豬肉

幸好有羊與雞可大快朵頤

咖哩得我寵

同行者喜歡牛肉

大家各取愛好

囊餅是可一致接受的

只要兼顧各人的口腹之慾

數量又分配得當

我們享受了一頓可口的簡宴

而且人人高興

與侍者攀談得知伊斯蘭食物調味料的辛祕

得了不少新資訊

善用、善用、再善用

點菜之道來治國（註）

註：老子說治國如烹小鮮、點菜分配亦如是。

87. Borracho en el restaurante libanés

El restaurante tradicional español donde pensaba ir estaba lleno.

El hambre no puede esperar dos horas más.

Salgo a pasear por la calle,

pero no encuentro ningún lugar adecuado.

Por fin al doblar una esquina tengo suerte,

encuentro un restaurante donde cabemos todos.

Solo que al ser del Medio Oriente, no sirven carne de cerdo.

Afortunadamente, tienen pollo y cordero y

algo que me encanta, el curry.

A mis compañeros les apetece ternera,

cada uno come lo que le gusta.

El pan nan a todos nos gusta.

Con que haya suficiente para satisfacer nuestro apetito,

haya bastante comida y nos la repartan bien,

todos estamos felices con una comida sencilla.

Hablamos con el camarero sobre el secreto de los condimentos y aprendemos

muchas cosas.

Hay que saber cómo utilizarlos,

pedir la comida es como gobernar.

﹡ Nota: lao-tzu dijo que gobernar es como cocinar pescados pequeños, por lo que pedir la
   comida también debe ser así.

87. Drunk in a Lebanese diner

The Spanish restaurant I planned to go to was packed

Ravenous hunger spoke against a two hour wait

So I began to stroll

But I couldn't find anything suitable

Until I found a place on a streetcorner

A venue with enough seats for us all

It's just that, you can't get pork at a Middle Eastern place

Fortunately, there was chicken and mutton enough to satisfy

I fell in love with the curry

while my dining companions liked the beef

There was something for everyone

The flatbread was served freely

enough to satisfy our desire for a delicious meal

and there was plenty to go around

We had a delicious if simple meal

and everyone was happy

We chatted up the waiters for the inside story of Islamic spice mixtures

so we learned something, too

The right thing in the right place; the right thing, and the right place

So it seems one can govern as one orders dishes*

* n.b. Laozi suggested that one should govern a large country as one cooks
a small fish, namely, not to overdo it; the logic applies as well to ordering food.

策杖皇宮恁我遊
一袖清風布衣行
帝王生涯原是夢
舉首青天白雲飛

孫吳也西遊記
——西班牙詩抄一百首

88. Deambulando por el horizonte

Deambulando por el castillo ayudado por mi bastón.
Sigo siendo un hombre del pueblo.
La vida de un emperador no es más que un sueño.
como las nubes flotando en el cielo.

88. Roaming

Roaming the castle aided by my cane
I remain a man of the people
The life of an emperor is but a dream
like the clouds floating through the sky

果然是歐洲之窗當之無愧

對欣賞的事物

人們不肯一次全部攤出來

是不忍利多一次出盡

走在巴賽隆納的街道、小巷、及廣場上

感到處處皆美

最主要的是淡雅、滄桑的美

不是濃妝豔抹得化不開

這個城市是容得下所有人的

我們會與它共生共榮

有些都城景美、名器顯著又加上歷史事蹟多

但卻給人高不可攀的感受

中間有些距離

在巴城彷彿回到家

我們可以隨便穿著

愜意舒適

不必藉衣裝來襯托自己

這個城市的誘惑吸引點

端在一個詞：共好

孫吳也西遊記
——西班牙詩抄一百首

Barcelona se merece el título de "ventana a Europa".

Seguro que nadie quiere ver algo de una vez

algo que es altamente apreciado,

sino que uno intenta venir más de una vez.

Las calles, callejones y plazas de Barcelona

son un canto a la belleza.

La elegancia y la refinada hermosura,

no es un maquillaje grueso, sino algo que no se puede disimular.

La ciudad es lo suficientemente grande para albergar a todos los que nos ale-
gramos con ella.

Algunas capitales son hermosas, famosas y están llenas de monumentos.

Pero dan la sensación de ser intocables

Hay con ellas una cierta distancia,

en cambio, ir a Barcelona es como volver a casa. Uno puede vestirse como
quiera,

cómodo y desenfadado.

Nadie necesita vestirse para impresionar.

Una sola palabra describe lo que me atrae de esta ciudad.

Este es el atractivo de esta ciudad: convivencia.

89. A Barcelona street scene

Barcelona well deserves its moniker "Window on Europe"
People cannot put everything new
on display all together
They cannot bear to tell all at once
Barcelona's streets, alleys, and plazas
all cry out in a song of beauty
The elegant, refined prettiness here
is not just skin deep
The city accepts all
And here, all get along famously
In some cities, the scenery is beautiful, and the history palpable
but it feels...unreachable
There's a tangible distance
But Barcelona is like coming home
One may dress as one pleases
and do as one wills
One needn't dress to impress here
What attracts people to this city?
A single phrase—everyone gets along

孫吳也西遊記
——西班牙詩抄一百首

90 流浪在西班牙

如能像吉卜賽人一樣流浪的話

我願意選擇西班牙

沒有什麼理由

喜歡上就是無法解釋

欣賞或者愛上一個女子

實在不需要說明原因

一個簡單的說法

就是看到她、我喜歡

從馬德里、賽維爾、格拉納達乃至巴賽隆納

一路的漂泊

背起行囊涉水登山、穿過橄欖樹田、葡萄園

沿著鐵道流浪

似蒲公英隨風飄蕩

一杯咖啡、生火腿片、起士及黑麵包沾橄欖油

一餐飽食便可行百里路

生命也如風中枯草飄浮

草芥般的靈魂沒人愛也沒有人願意去傷害

好一個適合流浪的國度

愛妳、我無怨無悔

孫吳也西遊記
——西班牙詩抄一百首

90. Vagando por España

Si pudiera vagar como un gitano,

yo elegiría España.

No es por ninguna razón especial,

algo que te gusta no se puede explicar.

Si uno admira o se enamora de una mujer,

no tiene necesidad de explicar por qué.

Una explicación sencilla

es que con verla ya me gusta.

Desde Madrid, Sevilla, Granada o Barcelona

voy vagando.

Tomo mi mochila y cruzo los campos de olivos y viñedos.

Recorro los kilómetros con el ferrocarril,

como cuando al soplar un diente de león,

se va flotando en el viento.

Una taza de café, lonchas de jamón serrano, queso y pan moreno con aceite de oliva

con una comida completa puedes caminar cien millas.

La vida es como un diente de león flotando en el viento.

Un alma cualquiera que nadie ama o que nadie quiere lastimar.

¡Qué país más adecuado para los vagabundos!

¡Te amo y no me arrepiento!

90. Spanish ramble

If I were to roam, Gypsylike

I would choose to do so in Spain

There is no why

There's no way to explain something one likes

When you appreciate, or fall for a woman

there's nothing to explain

It's simple

You behold her; you like her

I've wandered everywhere

from Madrid, to Seville, to Granada, to Barcelona

I've trekked over mountains, through vineyards and olive fields

I've traveled the rails languidly

I've floated about like a dandelion seed in the wind

*A cup of coffee, some ham, a bit of cheese, and black bread dipped in olive
oil*

A hundred kilometers on a single meal

like desiccated grass, floating on the breeze

This is a great country for rambling

I have no regrets in loving you

孫吳也西遊記
——西班牙詩抄一百首

漂泊在西班牙的日子裡

蔚藍天宇下

穿梭過曠野、視野裡容下了多少橄欖田、葡萄園

最能引我入夢的

不是米其林三星

不是巍峨的教堂

不是瑰麗的皇宮

多少歷史的傳承

多少藝術的傳奇

迤邐著我難忘的思念

但最能入夢的

隱藏我心底最悲淒的痛

是那個羅姆老婦人（註）蒼涼的悲詠

引發了我沒有故鄉的鄉愁

心底淌著血的思念

終將催我入眠

作一個但願無憂的夢

註：羅姆人原起源於印度北部、約有一千五百萬人、是個流浪民族、
　　散居在世界各地、也被稱吉卜賽人、或波西米亞人。

91. ¿Quién puede hacerme soñar

A la deriva de los días españoles,

bajo el cielo azul,

¿cuántos campos de olivos y viñedos habré visto pasar?

Con lo que más sueño,

no son las tres estrellas Michelin,

no son las majestuosas iglesias,

ni los magníficos palacios,

tradiciones con historia

o leyendas con mucho arte,

serpenteando entre recuerdos inolvidables,

sino que mi sueño más profundo,

se oculta en el dolor de mi corazón.

Es la tristeza de esa gitana,

que me hizo sentir la pena por no tener patria.

Pensamientos que sangran en mi alma

por fin puedo dormir,

espero soñar sin preocupaciones.

✳ Nota*: La comunidad gitana o romaní compuesta por unos 15 millones de personas, se encuentran asentados en todo el mundo y tienen diversos nombres en diferentes países. Los principales son gitanos y bohemios.

孫吳也西遊記
——西班牙詩抄一百首

91. Who fills my dreams?

Days spent roaming Spain

under an endless azure sky

I've been through the wilds, and seen countless olive fields and vineyards

But what lives on in my dreams

is not the three-star Michelin restaurant

is not the lofty cathedrals

is not the rosy palace

passing-on of history—a bit

a legend of artistry—a bit—

these I can never forget—

But what is the stuff of my dreams?

A pain in the depths of my heart

The dirge of the old Roma* woman

stirred in me a homesickness for a home that isn't mine

Eventually sleep overtook me

and I dreamt of a world without fear

∗ n.b. The Roma are descended from immigrants from North India. They number about 15 million and are an itinerant people found all over the world. They are also known as Gypsies or Bohemians.

逛累了市集

已夠融入拉丁的熱情裡

有時不自覺地會踏一下佛拉明哥的舞步

心靈韻律起來了

胃納也舞動起來

思念起士及生火腿了

街角到處是美味

食慾很容易被滿足

飄來一陣麵包香及濃濃的咖啡味

吸引我的不止是食物的美味

最主要廣場上放浪不羈的氛圍

感染到享受餐點也可如此浪漫

巴賽隆納的街道莫不如此

我想我也可以飄泊一下

去買一朵玫瑰花

等待卡門經過

孫吳也西遊記
——西班牙詩抄一百首

92. Esperando a Carmen

He acabado agotado de recorrer el mercado,

y me fundo con la pasión latina.

A veces, inconscientemente, hago un pase de flamenco

y el ritmo se apodera de mi alma.

Mi hambre se despierta

y añoro un poco de queso y de jamón.

En las esquinas de las calles hay comida deliciosa,

donde saciar el apetito.

De repente viene un olor a pan y a café.

Pero no sólo me atrae la comida

sino sobre todo la atmósfera de la plaza,

que hace que me contagie y disfrute del romanticismo.

Lo mismo ocurre con las calles de Barcelona,

creo que podría pasearme por allí,

ir a comprar una rosa

y esperar a que pase Carmen.

92. Should Carmen appear...

I've scoured the markets

I've gotten the Latin vibe

I even dare a few steps of flamenco

I feel the rhythm in my heart

and my soul begins to dance

I long for some ham and cheese

With such good streetfoods

my gastronomic urges are easy to satisfy

But the scent of fresh bread and strong coffee

elicits not just my interest in good food

but also in that unrestrained plaza atmosphere

which imbues the food with all the more romance

The streets of Barcelona are like this

I think I'll just keep roaming for a while

Maybe purchase a rose

and wait for Carmen to pass by

萍踪留痕伊比利
心影獨鍾西班牙
太陽廣場馬德里
早餐油條巧克力
快車馳過橄欖田
橘都當數賽維爾
一代人傑哥倫布
大教堂中顯殊榮
瑰麗阿爾罕布拉
格拉納達放異采
最是歐洲之窗美
巴賽隆納誰堪比
奎爾公園奇幻豔
蘭布拉道人潮多
聖家殿堂建築巧
常聚斯鄉不須歸

93. Las huellas de Sun wu en España

Viajando y dejando rastros por la península Ibérica,

un sólo corazón late en España.

Madrid, Puerta del Sol,

chocolate con churros para desayunar,

el Ave que recorre los campos de olivos,

Sevilla, la ciudad de las naranjas,

el navegante Cristóbal Colón,

la gloria de las grandes catedrales,

el magnífico palacio de la Alhambra,

el esplendor de Granada,

la ventana más hermosa a Europa.

¡No hay nada comparable a Barcelona!

El fantástico parque Güell,

la popularidad de Las Ramblas,

el diseño de la Sagrada Familia.

Si uno está aquí con frecuencia, ya no necesita regresar.

孫吳也西遊記
——西班牙詩抄一百首

93. Traces of Sun Wu in Spain

I have left tracks in Iberia

My heart's impression on Spain

Madrid's Puerta del Sol

A breakfast of churros and chocolate

A fast car out to olive fields

Seville, the land of oranges,

Columbus, the standard-bearer of a generation

the glory of grand cathedrals

the rose-colored Alhambra

Unforgettable Granada

The Window on Europe

the incomparable Barcelona

the fantastical Park Güell

the crowds on La Rambla

the miraculous Sagrada Familia

After all of this, there's little need to return

孫吳也西遊記
——西班牙詩抄一百首

普拉多的收藏是西班牙藝術的精華

也是全人類文明的瑰寶

從十四世紀到十九世紀的繪畫令人目不暇給

雖然以宗教背景為多

可以窺見中世紀基督文明影响力之深

不過我們還是看到了

歌亞、迪加、莫內、高更及梵谷等曠世大師的作品

上世代的繪畫三傑畢加索、米羅及達利更是不遑多讓

處在如此令人憾動的藝術殿堂

益覺藝術是人類無價的珍寶

受到時間的限制

無法一一涉獵

一些彫件及工藝品就無法細品了

但還是沒有錯過蒙娜麗莎另一個版本的畫作

及文藝術復興時代米開朗基羅的⋯⋯

知道匆匆是欣賞藝術的大忌

特別走馬看花是對創作者的不敬

但朝謁的心情是虔誠的

94. Visita la Galería del Prado

La colección del Prado es la esencia del arte español,

también es una joya de la humanidad.

Las pinturas de los siglos XIV al XIX son fascinantes,

aunque son mayoritariamente de tema religioso.

Uno puede ver la profunda influencia de la civilización cristiana medieval,

pero también hay obras de maestros clásicos como Goya, Degas, Monet,

Gauguin y Van Gogh.

Las obras de pintores del siglo pasado como Picasso, Miró y Dalí no se que-

dan atrás.

Es una galería de arte que conmueve

y permite percibir que el arte es un tesoro de la humanidad.

Como hay un límite de tiempo,

no se puede ver todo,

ni apreciar detenidamente los tallados y artesanías pero no nos hemos per-

dido la otra versión de la Mona Lisa,

y el arte renacentista de Miguel Ángel.

Soy consciente de que la prisa es un tabú para el arte

una mirada superficial es irrespetuosa para el creador

pero mi intención era de respeto.

94. Paying respects at the Prado

The Prado houses the best of Spain's artistic treasures
These are the crème de la crème of human creativity
It's a feast for the eyes, with treasures from the 14th to the 19th century
Most have religious themes
Through them, we can peer into the influence of medieval Christianity
Here as well are works by the world-famous
Goya, Degas, Monet, Gaughin, and Van Gogh
Not to be outdone are 20th century paintings by Picasso, Miro, and Dali
In this temple to the Muses
one realizes that art is a priceless treasure of humanity
I didn't have time to see everything
I had to rush through the carvings and handicrafts
But I didn't miss the "other" Mona Lisa
or Renaissance Michelangelos
It's a terrible sin to hurry through art
as it shows terrific disrespect to the artists
but I paid my homage, such as it was, with a sincere heart

朋友寄來一首名叫西班牙咖啡的鋼琴演奏曲

問我在西班牙聽過嗎

真的沒有

倒是在西班牙咖啡不只一天喝一杯

試聽之下

果然充滿拉丁風味的曲譜

熱情而浪漫

泡一杯從巴賽隆納買的咖啡

一面喝著西班牙咖啡

一面聽西班牙咖啡的鋼琴演奏

沉緬在完全熱情的韻律中

也是一種完美的享受

95. Escuchar el café español

Mi amigo me envió una pieza de piano llamada café español,

y me preguntó si lo había escuchado alguna vez en España.

Realmente no lo he escuchado,

pero café sí que he tomado más de una taza al día.

Escucho la canción,

la música está llena de sabores latinos,

cálidos y románticos.

Preparo un café que traje de Barcelona.

Tomo café español y escucho café español en el piano.

Me pierdo en su ritmo apasionado.

Es un verdadero placer.

95. The sound of Spanish coffee

A friend sent me a piano work called "Spanish Coffee"
and asked if I'd heard it in Spain
I really hadn't
When in Spain, I drank quite a bit of coffee every day
I listened to the piece
It had a Spanish feel to it
It was passionate and romantic
I brewed some coffee from Barcelona
and enjoyed Spanish coffee
with "Spanish Coffee"
Lost totally in the passionate rhythm
I entered perfect bliss

五個小時的待機

在貴賓室可以喝些香檳、紅酒、咖啡

也可以吃些荷蘭制式的機場食品

同伴們乘這個機會觀光一下阿姆斯特丹市區

但我可能思鄉情卻、或太疲憊了

情願待在機場寫些東西

形形色色、各有企圖的商旅人群

表情不一、匆忙的、緊張的、悠閒的、輕鬆的

每個人應該都是有目標的

為自己的生命前程努力

世界原本是一個競技場

誰是勝利者

未知曉

盡一份力就好了

成功與否就聽天由命吧

96. Atrapado en la escala en Ámsterdam

En una escala de cinco horas,

uno puede tomar un poco de champán, vino y café en la sala VIP.

También puede comer comida holandesa del aeropuerto.

Mis compañeros aprovecharon la oportunidad de recorrer el centro de Ám-

sterdam,

pero yo, quizás por la nostalgia o porque estoy muy cansado,

prefiero quedarme en el aeropuerto y escribir.

Todo tipo de personas y grupos de viajeros

con diferentes expresiones de prisa, de tensión, de relax.

Cada persona debe tener su propio objetivo,

esforzarse por su propia vida.

El mundo es una arena de combate

¿quién será el ganador?

No lo sé.

Simplemente haz lo que puedas,

el éxito o el fracaso depende del destino.

孫吳也西遊記
——西班牙詩抄一百首

96. Stranded in Amsterdam

A five-hour wait for my flight

so I sample the champagne, wine, and coffee in the airport lounge

and some commonplace Dutch airport food

My companions take the opportunity to take a peek at the city center

but I am confounded by thoughts of home, or perhaps I'm just tired

so I stay put and write

All sorts of travelers pass me by, clad in all colors and shapes of garb

They wear different expressions: here's one hurried, there's one tough

there's one relaxed; here's one carefree

Each must have his or her own goals

and is trying to reach them

If the world is a battlefield

who are the winners?

It's unknowable

so the best one can do is to try

As for success, that's in the hands of Fate

馬德里的靈魂端在麗池公園裡

無論日夜、季候

從墜落天使的眼裡

也看到某種致命的誘惑

在湖畔停下來

去喝杯西班牙咖啡

湖光樹影裡的拉丁美女是另一種牽引

彷彿佛拉明哥的舞曲聲又在耳際響起

陽光民族的浪漫也讓人們情動起來

伊比利半島的風情

不只是美景、美女、美食、更有美畫

於是想去追懷文藝復興時的吉光片羽

透過時光之旅

到普拉多博物館去瞻仰歐陸昔日的輝煌

神遊在十六世紀的憧憬裡

不再理會現代文明的功利

那麼馬約爾廣場是稍微可以寄情的所在

只是想到跨年時刻

在太陽門隨著十二下鐘響吃下十二粒葡萄的傳統

突然有點時間的失落感

但馬德里豔陽下的魔力

是永誌不忘的

孫吳也西遊記
——西班牙詩抄一百首

97. Oh! Madrid

El alma de Madrid se encuentra en el parque Ritz.

Sea de día o de noche, en cualquier estación,

los ojos del ángel caído

ven alguna tentación.

Me paro a la orilla del lago,

voy a por una taza de café.

El reflejo en el lago de las bellas latinas es una de esas tentaciones,

como si la música del flamenco resonara en mis oídos.

El carácter romántico de esta raza contagia el movimiento.

El paisaje ibérico,

las mujeres, la comida o las pinturas,

traen a la memoria los fragmentos del Renacimiento.

Un viaje a través del tiempo,

es la visita al Museo del Prado para ver la grandeza de la Europa del pasado.

Una peregrinación a la mirada del siglo XVI,

sin comprender el afán de eficiencia de la actualidad.

Por eso la Plaza Mayor es el sitio donde uno puede expresarse.

Pienso en la nochevieja,

y la tradición de las 12 uvas en las campanadas de la Puerta del Sol.

Tengo una repentina sensación de no pertenecer a este sitio,

pero la magia del sol de Madrid,

es algo que nunca olvidaré.

97. Oh, Madrid!

The soul of Madrid is the Parque del Retiro
No matter the time of day or season
Through the eyes of a fallen angel
one can see dangerous temptations here
Stopping by the poolside for a cup of Spanish coffee
The Latin women under the shade of the trees are another attraction
It's as if one can hear the flamenco tunes begin to play
The romantic nature of the People of the Sun is invigorating
The scenery of the Iberian Peninsula
the vistas, the women, the cuisine, the paintings
As to my desire to seek out traces of the Renaissance
I traveled through time at the Prado
where I paid homage to the glory of Europe of yesteryear
Here, a journey of longing through the 16th century
left me no longer impressed at the utilitarianism of modern civilization
Plaza Mayor, meanwhile, is a place of no small sentiment
On the cusp of the new year
eating grapes while counting down at the Puerta del Sol
I lost myself in time
Being under Madrid's spell
is something I'll never forget

摩爾人的都會

都說到塞維亞

吃個橘子及烤栗子

航海人的故里

發現新大陸的哥倫布

不朽的探險家

他的棺槨就停放在

原清真寺改建的大教堂供人瞻仰

西班牙廣場上

可以一目了然得窺伊斯蘭與拉丁文化的共構的璀璨

佛拉明哥的舞步讓人目不暇給

拉丁民族熱情可以一展無遺

以賽維亞為背景的卡門歌劇是不可錯過的精彩

為了實踐冒險家的夢想

一齊去地下城去探個究竟吧

98. Ir a Sevilla a comer naranjas

Cuando se habla de la capital mora,

siempre se refiere a Sevilla.

Comer naranjas y castañas asadas

en la ciudad del navegante.

Cristóbal Colón descubrió el Nuevo Mundo

y es un explorador inmortal.

Su tumba está allí,

en la antigua mezquita convertida en catedral,

para que la gente presente sus respetos.

En la plaza de España,

es fácil ver la combinación de construcciones de las culturas islámica y latina.

Los movimientos del flamenco son inolvidables,

el entusiasmo de esta raza salta a la vista.

La ópera de Carmen con Sevilla como escenario es apasionante, algo que uno

no se puede perder.

Para vivir el sueño del aventurero,

¡vayamos a explorar la profundidades de esta ciudad!

98. Feasting on oranges in Seville

City of the Moors

It's said that in Seville

one must eat oranges and roast chestnuts

It was home to the great navigator

Columbus, who discovered the New World

This immortal explorer

lies entombed here

admired by all in a cathedral where once a mosque sat

In Spanish plazas

the crystallization of Islam and Latin culture is unmistakable

and there a feast for the eyes in flamenco

The passion of Latin peoples is unsurpassed

making the city a magnificent backdrop to Carmen

But to realize an adventurer's dream

a trip to the underground realizes further treasures

濃濃的阿拉伯氛圍

摩爾人根植在伊比利半島文化植被

溶合並衍生了新的森林

異國中的異國美食讓人陶醉在無法形容的誘惑中

小城是綜合的多元

無法擺脫的愛戀讓人陶醉在

阿爾罕布拉皇宮伊斯蘭的風格

遙想摩爾帝國的當年回教風采

不知道從熱巧克力搭配西班牙油條

是否可領略一二

99. Granada, la luz de los reyes moros

Una atmósfera árabe muy intensa,

las raíces moriscas se han plantado en la cultura ibérica,

disolviéndose y generando nuevos bosques.

La exótica cocina es de un encanto indescriptible,

la ciudad es pura diversidad.

Un amor inevitable embriaga a quien la visite.

El Palacio de la Alhambra de estilo islámico,

me trae a la memoria el imperio moro de aquellos años.

No sé si podré probar uno o dos churros con chocolate.

99. Granada: Light of the Moorish Kingdom

A strong Arabic feel here

The cultural roots laid down in Iberia by the Moors

went down deep, and gave life to a veritable forest

The ineffable temptations of foreign cuisine here in this foreign land

This tiny city, so rich in form and variety

I cannot break from my infatuation

The strongly Islamic Alhambra

reflects the Muslim culture of the Moorish kingdom

Perhaps I'd appreciate it better

with some churros and hot cocoa?

隨著吉他聲

我到巴賽隆納

遠海近樹在我眸光中蕩漾

浪漫隨歲月無踪

但幻想依舊縈懷

只能寫詩

在詩情中回憶

在畫意裡徜徉

我奔向

巴賽隆納

踏著佛拉明哥的節拍

不再歸去

終老斯鄉

在陽光中歡唱

拋著帽子向海洋深處

我的心與大海共醉

100. 陽光、
巴賽隆納

Siguiendo el sonido de la guitarra,

he llegado a Barcelona.

El mar a lo lejos y más cerca de mis pupilas se mecen los árboles.

El romanticismo desaparece con los años,

pero la ilusión se mantiene.

Yo lo único que puedo hacer es escribir poesía,

y por medio de ella recordar

como si vagara por un cuadro,

y volara hacia

Barcelona.

Siguiendo el ritmo flamenco,

sin volver la cara atrás

estando en Jiesixiang,

canto bajo el sol,

lanzo mi sombrero al océano

y mi corazón se emborracha con el mar.

孫吳也西遊記
——西班牙詩抄一百首

100. *The sunshine of Barcelona*

On the sounds of a guitar

I make my entrance to Barcelona

From afar, the seas and the forests undulate

Romance echoes across the ages

But my fantasies still burn as of old

For this, I can only write poetry

In poetical memories I linger

as if in a painting

Suddenly

Barcelona!

I tap out a flamenco beat

but I can never return

No, I'll spend my twilight years at home

singing in the sun

casting my cap into the ocean's depths

as my heart remains intoxicated with the sea

照片集錦

孫吳也西遊記
——西班牙詩抄一百首

孫吳也西遊記
——西班牙詩抄一百首

Album
照片
集錦

有關孫吳也所有節目下載APP
【baabao八寶線上電台】

安裝完成即可搜尋並訂閱，歡迎收聽節目內容

【港都生活人事物】【愛的朗讀人】【非人間】

【台中好事——與成功有約】【南方之音——有緣來逗陣】

【發達之人——行行出狀元】【孫吳也無所不談】

孫老師講座、節目製作，請接洽：心創世界江總監